# LOGO!控制器实训教程

（德）Uwe Graune，Mike Thielert，Ludwig Wenzl　著

张子义　译

机 械 工 业 出 版 社

通过使用 LOGO! 可以容易、灵活地完成从建筑应用、安装技术到控制柜以及机械工程、仪表工程中的众多控制任务。对于分散机床及过程装置的本地控制，可以通过 AS-i 这样的通信模块予以连接。

众多的开关设备可以用这种用于微型自动化的逻辑模块中的 8 个基本功能和 28 个特殊功能予以替换。本书以生动的方式描述了程序如何生成以及如何选择硬件。本书在解释控制技术的标准状况时不仅是以指导为基础，而且还配以大量的实际项目任务。从"快速开始"到"程序仿真"，本书就不同的基本变量和扩展模块给予了读者大量的训练，允许读者可以对特殊的任务进行灵活、精确地调整。本书附有一张 CD，CD 中包含有 LOGO! Soft Comfort 演示版，书中的应用实例，以及不同语言的 LOGO! 手册。

本书读者对象为自动化专业技术人员和大专院校相关专业师生。

Licensed edition of
LOGO! Praxistraining
2nd edition, ISBN 978-3-14-231227-9
Copyright 2008 by Bildungshaus Schulbuchverlage
Westermann Schroedel Diesterweg Schöningh Winklers GmbH
Braunschweig, Germany


Published by courtesy of Publicis Publishing, www. publicis. de/books

## 图书在版编目(CIP)数据

LOGO! 控制器实训教程/(德)格劳内 Graune, U. 等著；张子义译. —北京：机械工业出版社，2010. 3

ISBN 978-7-111-29756-7

Ⅰ. ①L… Ⅱ. ①格…②张… Ⅲ. ①可编程逻辑器件—教材 Ⅳ. ①TP332. 1

中国版本图书馆 CIP 数据核字(2010)第 025292 号

机械工业出版社(北京市百万庄大街 22 号　邮政编码 100037)
策划编辑：林春泉　责任编辑：赵　任　封面设计：路恩中
责任印制：乔　宇

北京铭成印刷有限公司印刷

2010 年 6 月第 1 版第 1 次印刷
184mm×260mm · 7 印张 · 170 千字
标准书号：ISBN 978-7-111-29756-7
　　　　　　ISBN 978-7-89451-465-3(光盘)
定价：39. 00 元(含 1CD)

凡购本书，如有缺页、倒页、脱页，由本社发行部调换
电话服务　　　　　　　　　网络服务
社服务中心：(010)88361066
销 售 一 部：(010)68326294　门户网：http://www.cmpbook.com
销 售 二 部：(010)88379649　教材网：http://www.cmpedu.com
读者服务部：(010)68993821　**封面无防伪标均为盗版**

# 前　　言

由于 LOGO! 控制器这种微型的 PLC 将控制功能和灵活性融合到了一起，它正在日益广泛地被用于安装技术及简单工业应用中。

本书以实用为基础，无论对于学员、学生和从事技术工作的员工以及培训人员都非常适用。除基本操作指令外，本书还从整体方面介绍了解决控制问题的基本方法。

在本书的开始，通过"快速开始"章节介绍了通过人工输入和使用 LOGO! Soft Comfort 软件对 LOGO! 控制器进行编程的方法。

在控制技术中，遇到的标准情况（如互锁、时序电路、安全规则等）会在随后的项目中予以介绍。硬件的选择是与编程同时进行的。本书附带的 CD 包含有 LOGO! 控制器的演示版，读者可以在 PC 上与书本同步地学习，理解其中内容，并通过仿真进行检验。每部分的第一个例子都会非常详细，后续的例子会有一定程度的简化。

在更加复杂的控制任务中，需要处理模拟量以及与 AS-i 及 EIB 总线系统的连接问题。本书还以简表的形式列出了 LOGO! 控制器可以提供的控制功能，从而提高初学者的兴趣。

以下 LOGO! 的功能只能由 LOGO! 0BA6 以后的版本并配以 LOGO! Soft Comfort 第 6 版以后的软件提供：

- 模拟算术运算（第 7.5 节算术功能）；
- 外部文本显示 LOGO! TD（第 7.6 节及第 8 章）；
- 脉宽调制（第 7.7 节 PWM）。

本书的所有其他内容可以用于编程早期版本的 LOGO! 控制器。

本书的最后两章为以前的项目提供必要的信息。这两章还为控制元件、传感器和 LOGO! 控制器硬件提供了详细的资料。这部分以所有 LOGO! 控制器命令的表格结束。

本书附带的 CD 包含如下内容：

- LOGO! Soft Comfort 组态软件（演示版）；
- 本书所提供的 LOGO! 控制器软件程序应用实例；
- 9 种语言的 LOGO! 手册：如中文、荷兰文、英文、法文、德文、意大利文、俄文、西班牙文和土耳其文；
- 微型自动化系统和 LOGO! 控制器样本的 PDF 文档。

本书以训练内容为导向，指导读者完成计划的任务，读者可以在每个任务中完成"计划"（包括文件）、"执行"（编程）和"检查"（通过程序仿真实现）等步骤。

作者希望读者能够在本书的帮助下取得工作的成功，并且期待您的宝贵意见，以改进本书内容。

# 目 录

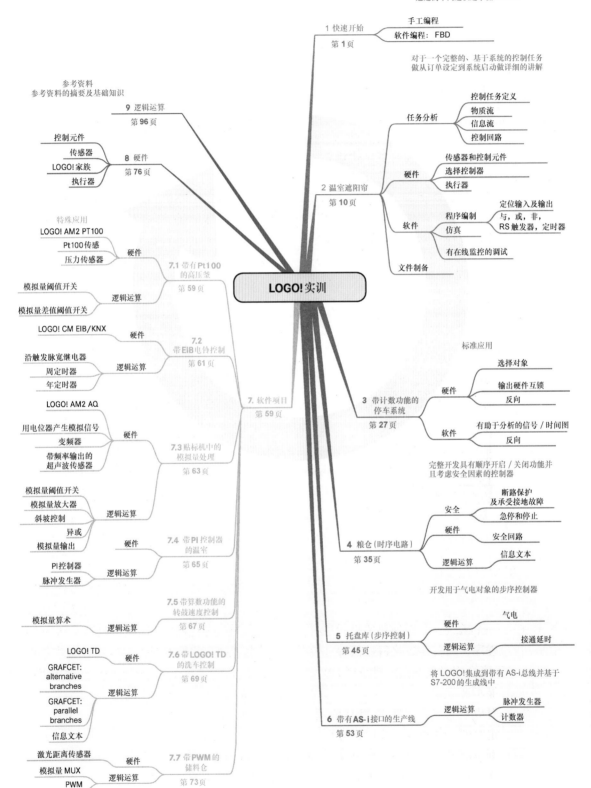

介绍
通过简单问题快速掌握 LOGO!

1 快速开始
第1页

手工编程
软件编程：FBD

对于一个完整的、基于系统的控制任务
做从订单设定到系统启动做详细的讲解

参考资料
参考资料的摘要及基础知识

9 逻辑运算
第96页

控制元件
传感器
LOGO!家族
执行器

8 硬件
第76页

任务分析

控制任务定义
物质流
信息流
控制回路

2 温室遮阳帘
第10页

硬件

传感器和控制元件
选择控制器
执行器

软件

程序编制
仿真

定位输入及输出
与，或，非，
RS 触发器，定时器

有在线监控的调试

文件制备

特殊应用

LOGO! AM2 PT100

Pt100 传感
压力传感器

硬件

模拟量阈值开关
模拟量差值阈值开关

逻辑运算

7.1 带有Pt100
的高压签
第59页

**LOGO! 实训**

标准应用

LOGO! CM EIB/KNX

硬件

7.2
带EIB电铃控制
第61页

沿触发脉宽继电器
周定时器
年定时器

逻辑运算

3 带计数功能的
停车系统
第27页

硬件

选择对象
输出硬件互锁
反向

软件

有助于分析的信号 / 时间图
反向

LOGO! AM2 AQ

用电位器产生模拟信号
变频器
带频率输出的
超声波传感器

硬件

7.3 贴标机中的
模拟量处理
第63页

完整开发具有顺序开启 / 关闭功能并
且考虑安全因素的控制器

4 粮仓（时序电路）
第35页

安全

断路保护
及承受接地故障
急停和停止

硬件

安全回路

逻辑运算

信息文本

模拟量阈值开关
模拟量放大器
斜坡控制
异或
模拟量输出

逻辑运算

硬件

7.4 带PI控制器
的温室
第65页

PI控制器
脉冲发生器

逻辑运算

开发用于气电对象的步序控制器

模拟量算术

逻辑运算

7.5 带算数功能的
转鼓速度控制
第67页

5 托盘库（步序控制）
第45页

硬件

气电

逻辑运算

接通延时

LOGO! TD

GRAFCET:
alternative
branches

硬件

7.6 带 LOGO! TD
的洗车控制
第69页

将 LOGO!集成到带有 AS-i 总线并基于
S7-200 的生成线中

GRAFCET:
parallel
branches

信息文本

逻辑运算

6 带有 AS-i 接口的生产线
第53页

逻辑运算

脉冲发生器
计数器

激光距离传感器
模拟量 MUX
PWM

硬件

逻辑运算

7.7 带PWM 的
储料仓
第73页

7. 软件项目
第59页

# 1　快 速 开 始

## 1.1　使用 LOGO! 控制器解决控制问题

使用 LOGO! 控制器对技术系统进行控制可以简化为如下过程：

输入信号为控制器提供过程或控制指令的当前状态信息，控制器依据定义好的程序对输入信号作出反应。然后控制器产生输出

信号，输出信号会依照程序的定义，通过执行器（最终控制元件）影响生产过程。

对于小的控制任务，可以用可编程序控制器控制，这样可以使硬件最少。同样，它也可以使编程的学习和应用变得非常简单。以下实例对 LOGO! 控制器编程做了直接的介绍。

控制顺序由 LOGO! 控制器存储器中的程序予以定义。有两种不同的输入程序的方法，这两种方法将在下面予以介绍。

LOGO! 控制器编程

或

a）从 LOGO! 控制器上直接输入程序（图 1-1）

b）使用 PC 生成/传入程序（图 1-2）

图 1-1　人工输入编程

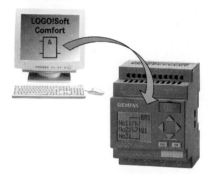

图 1-2　利用 PC 编程

利用 LOGO! 控制器基本模块上的 LCD 和 6 个键，可以在没有特殊工具的条件下直接编程。

当按下一个键时，会出现菜单提示用户输入或删除程序，以及参数化特性值等。无需用 PC，程序会以功能块图（FBD）的形式显示在液晶显示屏上。

这种图对应于 PLC 中使用的 FBD 语言。逻辑运算、定时器、计数器等都以长方形显示。每一时刻只能显示一个块，可以通过箭头键将该块连接到其他块上。这种编程技巧

将在第 1.5 节予以说明。

LOGO! Soft Comfort 使得整个程序可以清晰地显示在屏幕上。程序生成并模拟测试之后就可以通过电缆传送到 LOGO! 控制器基本模块。装置运行期间可以通过在线测试对控制信号进行监控。LOGO! Soft Comfort 可按以下两种方式显示程序：

1）功能块图（FBD）；

2）梯形图（LAD）。

LAD 显示在 PLC 程序中被称为梯形图。这种图形与电路很相似，因此可以非常清楚

1

地表述控制程序。这种编程方式将在第 1.6 节中予以说明。

## 1.2　控制任务描述

由于卫生的要求，客户的货物在批发公司的仓库时便装上托盘。待发运的货物被置于仓库前部的托盘传输系统（链式传输带）时，便传输到货车坡道，如图 1-3 所示。

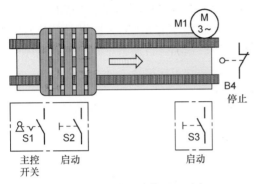

图 1-3　传送系统的工作过程示意

控制顺序：

S2 和 S3 两个按键使得托盘可以以点动方式运行。只有在两个启动键的任意一个键处于压下状态时，托盘才能运送到更远的地方。

托盘被传送到端点位置时会触动行程开关 B4（"端点开关"）。B4 可以防止托盘被意外地传送到端点之外而掉落。主开关 S1 的关闭可以停止链式传送带的所有运行。

所介绍的控制任务以前是由硬件控制系统实现的，其控制电路如图 1-4 所示。

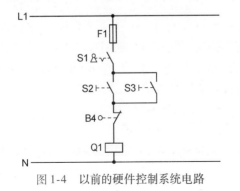

图 1-4　以前的硬件控制系统电路

## 1.3　用 LOGO！控制器实现控制任务

批发公司的仓库因卫生的要求需要改造，可以利用这个机会替换以往传统的接触器控制电路。将托盘传输机改为 LOGO！可编程序控制器控制，这一决定是由受托的电气公司做出的。控制器的应用使得用户可以有众多扩展选择，适用于不同的特殊功能。这些功能已经存在于控制器中，因此无需添加硬件成本。

举例如下：

-计数；

-工作小时计数；

-时间功能；

-总线通信（只用于特殊模块）。

本书的其他章节会全面地介绍 LOGO！控制器的众多特殊功能。

除特殊功能之外，控制器的程序可以被简单、快速地改写。因此，通常可以在不修改硬件（重接线）的情况下完成功能的改变。

这些都增加了输送过程和生产过程的柔性和经济性。要将现存的、传统的控制系统转化到 LOGO！控制器，只要将以前的传感器和控制元件分别连接到 LOGO！控制器的输入端即可。在本例中，接入输入端的为主开关 S1、S2、S3 以及限位开关 B4。它们的接入点分配：S1→I1....B4→I4。控制电动机的接触器（执行器）连接到逻辑模块的输出端如图 1-5 所示。从输入端到输出端的连线

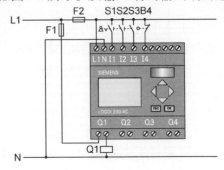

图 1-5　控制系统接线图

由控制程序完成。程序的编制见第 1.4 节。

## 1.4 生成 LOGO! 控制器程序

在电路中，两个启动键为并联。因为两个键中的任一个被激活时就足以启动生产过程，所以这种并联连接被表述为或逻辑，如图 1-6 所示，这一或逻辑连接一定要置于 LOGO! 控制器程序中。

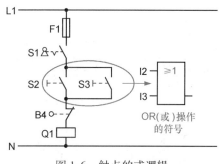

图 1-6  触点的或逻辑

主开关 S1 和限位触点 B4 与启动开关串联。为了激活电动机接触器，除启动键以外，S1 和 B4 也必须是闭合的，如图 1-7 所示。

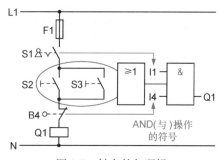

图 1-7  触点的与逻辑

串联连接通过与逻辑被植入逻辑图中。因此，S1、B4 以及或逻辑的输出以普通与逻辑形式连接。

功能分析：当 S1 激活，S2 或 S3 激活，B4 未激活，那么 Q1 接通。

建议在向逻辑模块输入程序之前先画一个控制程序的草图。这会给程序的编写提供清晰的概览，同时使文件编写和故障排查变得容易。

进一步地讲，地址分配表（参考第 2.2.2 节表 2-11）对编程过程将会非常有帮助，特别是对复杂的控制任务。

该表列出已经使用的输入/输出对象。该表还定义出控制器的输入/输出如何连接到被控对象。

### 1.4.1 功能块图

通过逻辑模块上的 FBD（功能块图）显示，可以实现程序的人工输入。

每一条逻辑指令被以块的形式输入。在本例中，程序包括两个块（B1，B2），都是基本的逻辑运算，如图 1-8 所示。

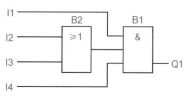

图 1-8  功能块图形式的 LOGO! 控制器程序

### 1.4.2 梯形图

当使用 LOGO! Soft Comfort 软件生成程序时，可以使用 FBD 模式（见 1.4.1 节）或 LAD（梯形图）模式。梯形图与电路非常相似。这种显示模式在 PLC 程序中被称为梯形图。触点的并联连接在 LAD 中为输入的并联图形（I2，I3），触点的串联连接（I1，I4）也与电路类似，如图 1-9 所示。

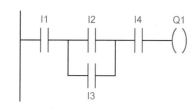

图 1-9  梯形图形式的 LOGO! 控制器程序

！注意：传送带只有在 B4 的 NC 触点未被激活的情况下才能启动。I4 上出现的"1"状态会允许与逻辑通过。输入点 I4 应该扫描为非激励状态时为"1"，即非反相的。

## 1.5 在 LOGO! 控制器模块上直接输入程序

### 1.5.1 编辑模式的调用

如果是没有安装 LOGO! Soft Comfort 编程软件的 PC，就可以使用从 LOGO! 控制器模块直接输入程序的方法。这种方法也可以用于程序小的改动或小的扩展。程序的输入通过模块上的 6 个键实现。输入程序的检查通过模块上的显示窗实现(如图 1-10 所示)。

当接通 LOGO! 控制器模块的电源时，显示窗上会出现如下两条信息中的一条。通过这两条信息，可以知道模块的存储器中是否存有程序(图 1-10a I段)。

要输入一个开关程序，首先要进入"Programming"模式，转换到该模式，首先要按动"ESC"键。

! 注意：早先版本的控制器(0BA2 及之前)需要同时按动下面的 3 个键：

OK；◀；▶(三指动作)

稍早版本(0BA4 及之前)的菜单稍有不同。

通过按动上/下键(▲;▼)可以移动箭头光标(>)到相应的菜单项。然后，使用"OK"键可以选择菜单项。按"ESC"键可以返回上一级菜单。

一旦以图 1-10a II段的模式进入了主菜单，你就可以：

a) 删除已有的程序并生产新的程序。

b) 编辑已有的程序，检查、补充或修改程序。

如果需要将已有的程序全部删除，则选择"Clear Prg"。然后可以通过按"Esc"返回"Edit"状态，就可以输入新程序了(图1-10a IV段)。

在编程菜单下选择"Edit"会打开在模块内存中产生新程序或修改已有程序的通道。

如果存在密码，那么只有在输入密码后才能启动程序编辑功能(使用箭头键)。

以"OK"确认"Edit Prg"后，如图 1-10b所示，显示器上会出现输出 Q1 作为程序的第一部分。

图 1-10b　编程菜单

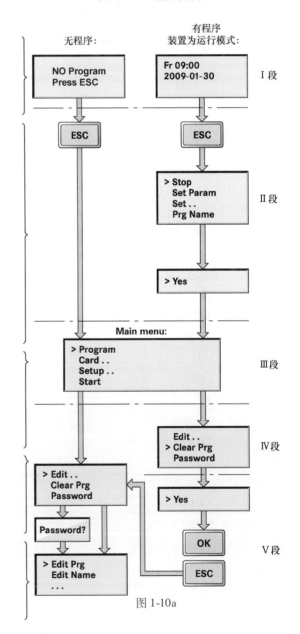

图 1-10a

### 1.5.2　程序的人工输入

编程过程从 Q1 开始，程序的输入过程为反向生产过程（程序的输入方向）。通过按"OK"键确认 Q1。

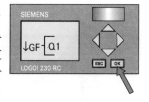

接下来可以使用箭头键▼①和确认键"OK"②选择基本功能 GF 列表（基本功能）。

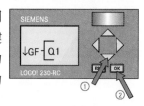

然后转入对块 1（B1）的输入进行编程，同时输出显示在最上层。GF 列表的第一个块是"& function"。通过使用"OK"可以选定。

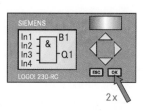

一旦 & 操作最上面的输入通过"OK"被选定，"Co"（连接）会出现。由"OK"确定后，I1 就会被置入。

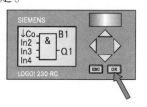

连接点 I1 会出现在 & 输入的上端。通过按"OK"键可以确认该输入选择。

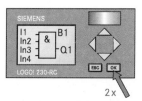

再按"OK"键可以选定第二个 & 输入。用箭头键▼①可以调出"GF"列表。以按"OK"②确认，可以进一步插入或逻辑。

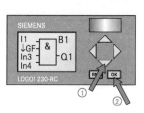

而后，块 2（B2）会出现在显示屏的右上角。通过箭头键▼①可以选择或逻辑，以按"OK"确认②。

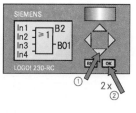

通过重复按动"OK"，可以对 B2 上部的输入进行连接。由于此处需要对一个连接点（I2）进行连接，因此请在"Co"显示上按"OK"。

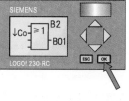

使用箭头键▼①使"Co"列表滚动，直到输入 I2 出现。由按"OK"②予以确认。

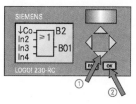

输入点 I3 的处理方法与刚描述的 I2 的处理方法相同。

或逻辑下面的两个输入没有用，因此将其连接到"x"①。一旦输入"x"以按"OK"键完成，显示会返回到块 1。

像输入 I2 那样按动按键

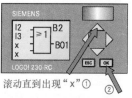

滚动直到出现"x"①

在程序之内的移动通过箭头键实现，在此处情况下使用 →①。按"OK"键两次②可以选择下一个输入点。按▼键 3 次就可以显示连接点 I4③。

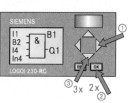

最后，& 运算的最底下的输入点由于不需要，必须连接到"x"。按动"OK"两次①选定该输入点。按动箭头键▲直到显示中出现"x"②。再次按"OK"③予以确认。

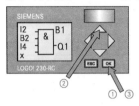

至此，托盘传送带的程序已全部输入。所有的逻辑输入也已经连接好，可以退出编辑模式了。

### 1.5.3 激活 RUN 模式

对程序进行测试前，首先要通过"Start"使控制器进入运行模式，如图 1-11 所示。

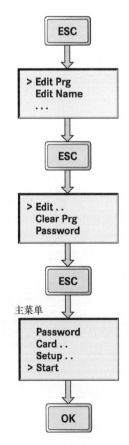

图 1-11　在运行模式下启动程序

### 1.5.4 程序测试

在测试程序时，与 LOGO! 控制器相连的接触器应该设置成当 Q1 被启动时接触器也启动。输入/输出的状态可以使用箭头键"＞"将其移到显示器上来检查。

！注意：为了避免程序出错造成损坏，在程序测试时，应该在无电压的情况下输出。

如果程序不能正常运行，那么在进行程序的更改时，应按如下步骤进行。

！注意：在编辑状态下，光标可以由箭头键（▲；▼；◀；▶）控制在程序内自由移动。

即使在完成了所有输入的情况下仍然可以对程序进行更改。此时 LOGO! 控制器必须设置为停止状态，并且要将编辑菜单调出。

为了删除部分程序，如图 1-12 所示，光标必须置于要删除目标的右侧（输出侧）①。

对相应位置的操作通过按"OK"键激活，且连接点被连到"×"。

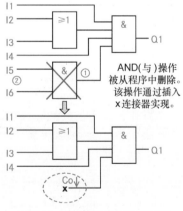

图 1-12　更改及删除部分程序

& 逻辑①以及两个输入 I5、I6②已经从程序中删除。如果需要，可以在"x"位置插入其他的项目（Co、GF 或 SF）。用此方法可以使现有的程序更改变得非常简单。

## 1.6 用 LOGO！Soft Comfort 编程

LOGO！Soft Comfort 软件可以在 PC 上对开关程序做以下工作：

-生成程序；

-仿真和在线测试；

-产生文件。

启动该软件后，如图 1-13 所示，屏幕上会出现一个空的起始页面，如图 1-14 所示。

在 PC 上编完程序后，开关程序通过电缆传送到 LOGO！控制器中。在启动过程中，变量的状态可以在 RUN 模式下，在 PC 上监控。

LOGO！Soft Comfort 软件的演示版在编程和仿真功能上与完整版完全相同，与完整版相比，其限制只在于取消了 PC 与 LOGO！控制器装置的在线通信功能。

### 1.6.1 LOGO！Soft Comfort 的使用

要建立一个新的开关程序，首先要打开一个"电路"（"circuit diagram"）。要做到这点，首先要按"New"按钮，如图 1-15 中①所示。该电路以标准的 FBD（功能块图）形式显示。"Properties"窗口②与电路同时打开。项目的数据可以在此窗口输入。在此，项目数据的定义（第 2.3.1 节）最初是被忽略的。因此该窗口可以用"Cancel"予以关闭。

电路中的各个元件是依次插入的。对此屏幕的左侧打开有开关程序的元件目录，如图 1-16 中③所示。有时可能出现的窗口太窄，甚至有不可见的情况。在这种情况下，必须通过鼠标拉拽来增加窗口的宽度，如图 1-16 中④所示。元件目录中包含 LOGO！Soft 中有的可以用于程序的所有元件。

要插入元件，首先在目录中选择想要的目标元件。输出端点 Q 标示在图 1-17 中⑤。有两种方法插入元件⑥：

-拉拽并放置在电路中；

-通过在电路中点击鼠标插入。

图 1-13 LOGO！Soft Comfort 桌面符号

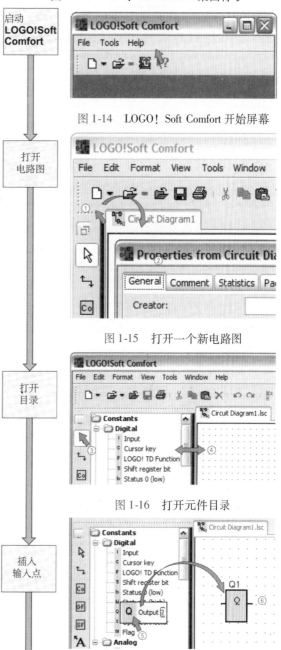

图 1-14 LOGO！Soft Comfort 开始屏幕

图 1-15 打开一个新电路图

图 1-16 打开元件目录

图 1-17 插入输出端点 Q1

为了对托盘传送系统进行控制，电路中必须有 4 个输入端子 I1～I4 以及输出 Q1。在 LOGO！Soft 中插入元件的方法有两种：

-通过目录的目标概览①；

-通过屏幕底部的"Constants"选择列表②。

该选择列表是通过点击屏幕左侧的"Constants/terminals"按钮③弹出的。

现在根据逻辑运算对输入和输出端点进行连线。

所需的元件位于目录的"Basic functions"④中。对于控制托盘传送带来说，与逻辑和或逻辑都是需要的。

将与逻辑放置到电路中是通过激活"AND"元件和鼠标的点击实现的。以相同的方法可以插入或逻辑⑤。

通过点击"Connect"钮，可以将端点与元件连接起来⑥。连线定义了信号的通道，也就是控制功能。

不同端点之间的连接是通过按下鼠标键实现的⑦。

作为标准，基本逻辑操作（AND，OR）带有 4 个输入端。

对于不用的连接点可以让其处于开放状态⑧，它们不会进入逻辑运算中。由于闲置的 OR 输入端为"0"状态，而闲置的 AND 输入端为"1"状态，因此它们不会影响电路的功能。

- 为了能在元件之间拖拽连线，"Connect"钮，如图 1-21 所示，必须选中。
- "Selection"钮，如图 1-22 所示，可以使元件及线被选中，以便移动或删除它们。

插入输入、输出点

插入基本功能

连接元件

存储程序

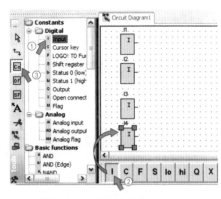

图 1-18　插入输入点 I1...I4

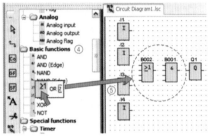

图 1-19　插入基本功能　与/或

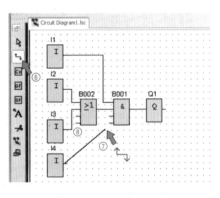

图 1-20　生成信号连接

图 1-21　"Connect（连接）"按钮

图 1-22　"Selection（选择）"按钮

### 1.6.2 用 LOGO！Soft Comfort 仿真

即使在没有硬件（控制器）的情况下使用 LOGO！Soft Comfort 编程软件也可以通过仿真对程序进行测试。

要做到这点，在输入完程序后必须点击"Simulation"钮，如图 1-23 及图 1-26 中①所示。

用来替代输入信号的模拟开关会显示在屏幕的下边（实际开关与输入点的对应关系见图 1-25 及图 1-26）。信号灯指示初始状态如图 1-24 所示。

为"1"信号的元件和连线会以红色着重提示，如图 1-26 中②所示。对于输出为"1"的情况，屏幕下部相应的信号灯会点亮，如图 1-26 中③所示。

程序对于模拟输入信号的反应会与实际工厂的方式相同。

3 个输入点 I1、I2 和 I4 为"1"信号，如图 1-24 所示。对应于实际工厂传送带的触点情况。输出 Q1 被触发，使电动机运行。

图 1-23　"Simulation"钮

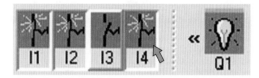

图 1-24　模拟开关和输出状态显示

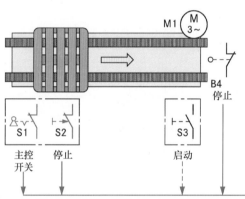

图 1-25　触点被触发时的托盘输送系统

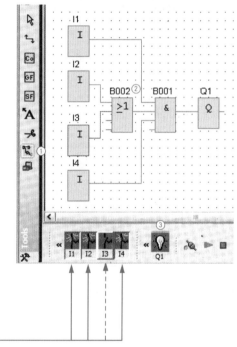

图 1-26　托盘输送系统控制程序的仿真

使用仿真功能检查后可以将程序存储起来。

存好的程序可以留待日后使用。存储程序的目的在于以后将其传送到控制器中（如工厂的控制器）。除此之外，程序的存储对于备份和文件的整理都具有重大意义。

与通常的 Windows 操作一样，存储操作只需点击磁盘符号即可，如图 1-27 中④所示。

这会打开一个新窗口，在该窗口中可以定义驱动器⑤和文件名⑥。

图 1-27　控制程序的存储

# 2 温室遮阳帘

以前温室顶上的遮阳帘是由曲柄操纵的。由于狂风使百叶窗严重损坏，因此不得不更换。制造商建议业主安装点动装置（圆管驱动）。公司将安装驱动装置，并规划和安装附属的控制系统。

在现场考察时，这家公司为客户讲解该系统的舒适性和安全性等功能，如图 2-1、图 2-2 所示。这些都被记录在进一步的基础规划中。

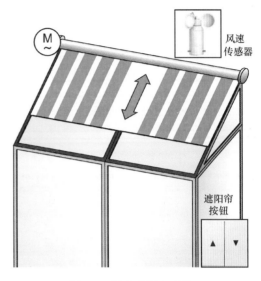

风速传感器

遮阳帘按钮

图 2-2 温室遮阳帘系统

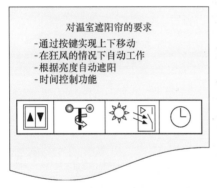

图 2-1 与温室遮阳帘相关的操作、安全性和舒适性要求

**解决控制任务的计划和实施步骤**

解决控制问题的基本步骤将用百叶窗的控制实例予以说明。

实施的过程如图 2-3 所示。首先，任务分析是极其重要的，因为这里有很多地方我们必须加以注意，比如客户的意愿、环境条件、技术条件等。这些条件有时会相互制约，而这些条件会对硬件的选择及软件的结构有决定性的影响。硬件及软件的协调将在试车时完成，而系统的优化要在排除错误后进行。最终目的是要在给定期限内，提交出符合客户要求的控制功能和相应的文件。

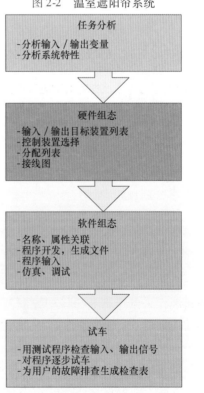

图 2-3 项目的规划和实施步骤

10

## 2.1 任务分析

温室遮阳帘代表着一个技术系统，它由遮阳帘、电驱动和相关的控制技术组成。控制过程的顺序受操作者和环境条件（风、日光）的影响，如图2-4所示。

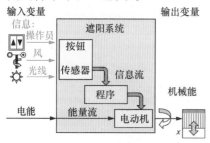

图2-4 温室遮阳帘系统

### 1. 控制对象

遮阳帘的位置决定了进入温室的光量。如果该变量受控制过程的影响，那么它就被称为"受控变量 x"，如图2-4所示。

在温室中，受控变量被理解为：

-物理上：光线的射入；

-技术上：遮阳帘的位置。

输入变量为"温室遮阳帘系统"提供操作员命令信息和环境条件信息。这些信息由系统处理，转而影响输出变量（遮阳帘的移动）。系统中信息的传递与处理被称为信息流，如图2-4所示。

为了移动遮阳帘，电能会在系统中被转换成机械能。系统中能量的转换被称为能量流，如图2-4所示。

以下的信息块对一些重要的控制术语作出解释：

-系统；

-能量流与信息流；

-功能顺序，控制顺序。

控制顺序的详细分析仅在第一个任务中以实例的形式给出。对于后续的任务，我们假设读者已经理解了其中的关系。

### 2. 术语：系统

系统技术可以将复杂的技术关系简单化。工厂、机器以及其他的技术装备都可以作为系统对待。系统限制表示所考虑的系统与环境之间的分离程度。在实际系统中，这些限制可以是电与机械的连接或与数据的接口。

系统与环境之间的信息交换是通过输入、输出变量实现的。当输入变量到达系统时，系统对其进行处理，变量被变换、修改或存储。输出变量以这种方式表示，即它表示系统对输入变量的反应。

### 3. 系统的简化表述

系统的输入变量和输出变量可以分为三种基本类型：能量、信息和物质（见图2-5）。

图2-5 系统的简化表述

### 4. 系统的输入和输出变量

如图2-6所示。

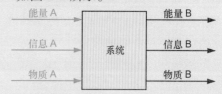

图2-6 系统输入、输出示意图

根据系统的不同，其主功能是三种类型中的一种。

为了控制温室的遮阳帘，从环境来的信息需要被记录并在之后由系统予以处理。以记录的输入信号为依据，能量将被转换用来驱动遮阳帘。

遮阳帘的控制并不涉及对物质（如气体、液体、颗粒、零件）的处理。而对于物质的控制（物质流）对大多数输送以及生产过程来讲都具有重大意义。

### 5. 能量流

为了达到控制遮阳帘移动的目的，需要通过所谓的"最终控制元件"（如：接触器、半导体开关等）将能量施加到驱动管上。管子的驱动电动机（受控系统）将施加的电能转换为机械能，并因此改变遮阳帘的位置(受控变量 x)。为了达到设定的遮阳量，驱动遮阳帘的控制系统改变了系统中的能量的流动。在控制过程中，受控系统(系统元件)受最终控制元件的影响，因而受控变量 x 以设定的方式产生响应。能量流示意如图 2-7 所示。

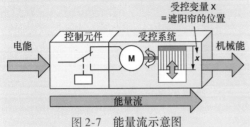

图 2-7　能量流示意图

### 6. 信息流

能量流动时受操作员命令或周围条件的控制。流入的信息在系统中处理，并引起输出端的反应。

- 输入对象：控制元件或记录系统信息的传感器(本例中如风、阳光等)。操作员的命令和系统信息通过输入对象转化为标准的控制信号并传输到处理层。
- 控制装置：依据预设规则(程序)连接流入信号并产生相应的输出信号。
- 输出对象(执行器)：作为最终控制元件，依据受控系统动作，并通过适当的能量或物流变换影响受控变量 x。

信息的流动依据一定的原则。该原则对信号的输入、处理和输出做了说明。信息流示意见图 2-8。

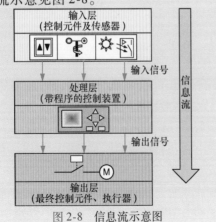

图 2-8　信息流示意图

### 7. 控制原则(控制顺序)

能量和物质的流动受控于控制元件之间信息的流动。

- 控制元件和传感器为控制装置提供数据以实现控制顺序。这样的输入变量被称为命令变量 W。
- 控制装置生成操纵量 Y，并用它去控制最终控制元件。
- 最终控制元件(执行器)的动作依据受控系统中能量或物质的流动，也依据定义好的程序影响受控变量 X。
- 控制过程的特性为其控制顺序的形式是开环的。
- 设定点与受控变量 X 的实际值不进行比较。控制顺序示意见图 2-9。

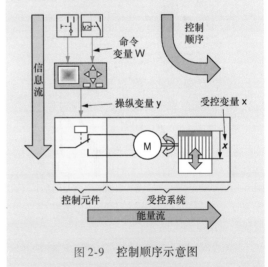

图 2-9　控制顺序示意图

### 2.1.1　输入和输出变量的分析

在选择控制装置前，有必要确定什么要记录，什么要输出。所需要的输入和输出对象是通过分析输入、输出变量得出的。

输入、输出对象的数量依据技术要求和客户的希望确定。以下是需要的输入对象：

- 双摇杆开关，如图 2-10、图 2-11 中①、②所示；
- 终端位置限位开关，如图 2-11 中③、

④所示；

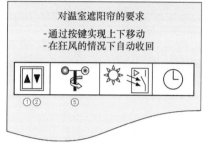

图 2-10 输入、输出对象的定义

• 风传感器，如图 2-10、图 2-11 中⑤所示。

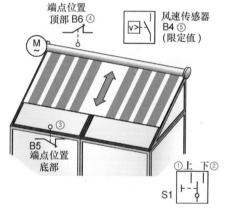

图 2-11 带输入、输出对象的过程示意图

因为负载电流小于允许的 3A 最大感性负载电流，因此遮阳帘电动机作为输出对象直接连接到控制器上。

检查工作完成后，系统所要求的输入、输出对象被画在一张示意图上，如图 2-11 所示。

### 2.1.2 系统特性定义

直到现在我们才检查出控制遮阳帘需要的输入和输出对象。但是还没有定义这些对象是如何连接的。

对系统的定义指出了各个元件或一个系统中的子系统是如何共同工作的。因此，所有这些要求代表了软件开发的开始（手动或自动模式）。

控制过程是如何执行的？

首先，遮阳帘的人工操作和狂风时遮阳帘的收回是受控的。可以将程序扩展到根据亮度自动遮阳。该自动模式应该可以设定为一个选项，如图2-12所示。

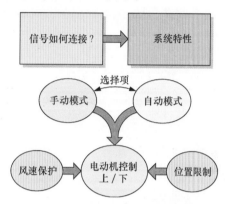

图 2-12 遮阳帘控制的系统特性

用开关 S1 可以手动使遮阳帘向上，如图 2-10、图 2-11 中①所示，移动或向下移动②。这个开关带有双向摇杆并且具有反向锁装置。该机械锁可以防止同时接通上、下触点。可反向驱动装置在两个端点通过限位开关 B5③或 B6④予以关断。

如果风速超过了限定的风速值 $v$，则风传感器 B4，如图 2-10、图 2-11 中⑤所示，输出一个二进制信号。遮阳帘就可以在有狂风的情况下收回，或者对其采取其他保护措施。

## 2.2 硬件组态

### 2.2.1 控制器的选用

LOGO！控制器具有非常多的基本功能和特殊功能，这些功能可以用在所有基本模块的扩展中（见第 9 章）。

在选择控制器时，输入及输出信号的数量和类型起着决定性的作用。

• 有多少开关点要连接到 LOGO! 控制器？

• 开关点的信号及工作电压是多少（数字量还是模拟量，电压等级）？

• 连接到控制器的执行器的电压、电流的大小？

为了有助于选择硬件，制作了一张连接对象表，见表 2-1。表中列出了该对象是连接到输入（DI = 数字量输入），还是连接到输出（DO = 数字量输出）。

表 2-1　遮阳帘控制硬件

| 对　象 | 对象符号 | LOGO! 控制器 DI | LOGO! 控制器 DO |
|---|---|---|---|
| 遮阳帘上升接点，摇杆向左 | S1 | X | |
| 遮阳帘下降接点，摇杆向右 | S1 | X | |
| 亮度传感器（预留） | B3 | X | |
| 风速传感器，限值监控 | B4 | X | |
| 限位触点，遮阳帘展开 | B5 | X | |
| 限位触点，遮阳帘收回 | B6 | X | |
| 电动机控制，遮阳帘展开 | Q1 | | X |
| 电动机控制，遮阳帘收回 | Q2 | | X |
| 电路断路控制保险 B6A | F1 | | |
| 电路断路负载保险 B6A | F2 | | |
| LOGO! 控制器基本型 230RC | K1 | | |
| 需要的输入点数量 | | 6 | |
| 需要的输出点数量 | | | 2 |

LOGO! 控制器无论对交流还是对直流都有多种信号电压规格可供选择（12V、24V、115V、240V）。

LOGO! 控制器的基本模块有 8 个数字量输入和 4 个数字量输出。这些点通常是继电器接点（以"RC"表示）。继电器输出可以装载 10A 的负载电流，较早的控制器负载电流比较小。

12V 和 24V 的控制器为特殊版本。它具有 8 个数字量输入，其中 I7 及 I8 可以用于模拟量输入。与通常的继电器输出不同，有一种版本的控制器输出为晶体管输出，其输出电压为 24V@0.3A。有关选择控制器的信息可以参阅 8.2 节。

根据硬件列表（见表 2-1），控制遮阳帘

需要如下的器件：

-6 个数字量输入（DI）；

-两个数字量输出（DO）。

由于无需处理模拟量，因此无需模拟量输入点。

由于所有的输入对象提供的电压均为 230V，因此需要选择 LOGO! 控制器基本型 230RC 控制器。这种控制器具有 8 个数字量输入（DI）和 4 个数字量输出（DO），见表 2-2。

表 2-2　LOGO! 控制器的基本模块配置

| LOGO! 控制器基本模块 | | | | | | | | |
|---|---|---|---|---|---|---|---|---|
| 版本 | 带显示、带键盘基本型 | 无显示、无键盘经济型 | 时钟 有 | 时钟 无 | 数字量 8 输入 | 数字量 4 输出 晶体管 | 数字量 4 输出 继电器 | 模拟量 2 输入、数字量 |
| 24V | AC/DC DC | | | | | | | |
| 12/24V | DC | | | | | | | |
| 115/240V | AC/DC | X | | | | X | | X |

选定的控制器（见图 2-13）对于遮阳帘控制具有以下的优点：

图 2-13　用于遮阳帘控制的 LOGO! 控制器基本 230RC

• 继电器输出可以带动 230V/3A 的感性负载。这使得可以由控制器直接控制遮阳帘电动机（无需电动机控制接触器）。

• 115V/240V 的操纵电压和控制电压与 230V 的电源电压相适应。由于没有要求 24V 电源，所以成本相对低廉。

## 2.2.2 分配表

分配表中控制器的地址要分配给不同的对象。这一过程通过表格实现，该表格列出了所有被连接的对象（见表2-3）。输入（DI）和输出（DO）的逻辑分配无论对于安装（硬件连线）还是生成程序都非常必要。

表2-3 分配表

| 对象 | 地址 | 注 释 | 功 能 |
|---|---|---|---|
| S1 | I1 | 下降触点 | NO 触点 |
| S2 | I2 | 上升触点 | NO 触点 |
| B3 | I3 | 亮度传感器 | （预留） |
| B4 | I4 | 风力检测 | NO 触点 |
| B5 | I5 | 终端触点，下部 | NC 触点 |
| B6 | I6 | 终端触点，上部 | NC 触点 |
| | I7 | | （预留） |
| | I8 | | （预留） |
| -M1L | Q1 | 电动机遮阳帘降 | |
| -M1R | Q2 | 电动机遮阳帘升 | |

因此，分配表（见表2-3）代表硬件设计与软件组态（第2.3节）之间的连接关系。表2-3中的"功能"表示二进制接点被设定为NO（常开），还是NC（常闭）。

## 2.2.3 接线图

接线图如图2-14所示，表示输入及输出对象连接到控制器的分配情况。配合表2-3分配表，该图成为电气工程师安装的依据。在该项目中，使用的 LOGO! 控制器230RC以AC230V供电，供电电压②也被用于控制电压①。

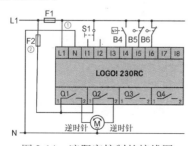

图2-14 遮阳帘控制的接线图

## 2.3 软件组态

### 2.3.1 编程准备

在编程之前，项目的数据需要先输入到"Properties（属性）"窗口。而后需要将适当的连接名称填入到输入和输出分配表。

**1. "Properties（属性）"窗口**

当创建新项目时，一个带有项目数据的窗口会自动打开，如图2-15所示。该窗口也可以从下拉菜单"File（文件）"打开。

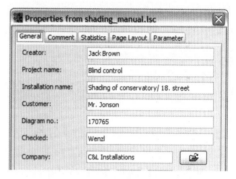

图2-15 带有项目数据的窗口

定义好的项目数据会在后面的程序打印中自动填入到文本区域。它支持文件修改。

**2. 连接表和连接名**

连接表并不是必需的，但是它对编程来说有很多好处，如图2-16所示。

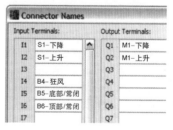

图2-16 用于遮阳帘控制项目的带有连接名称的连接表

• 分配表（表2-3）是集合在项目中的，因此可以在项目内调用。

• 给对象分配连接名会比在编程和检查

中使用地址更好（比如使用 M1-DOWN 而不使用 Q1）。连接名包含对象 ID，有可能还包含简单描述和触点功能（NO/NC）。

连接表是通过选择菜单"Edit（编辑）"→"Input/Output Name（输入/输出名称）"来打开的。

### 2.3.2 手动编程模式

为了对 LOGO! 控制器进行编程，首先要依据控制任务对程序进行开发。第一步先要在纸上画出草图。

通常，程序是用 LOGO! Soft Comfort 软件在 PC 或笔记本电脑上直接生成的。程序功能的正确性可以在其后通过仿真予以检查。任何程序的错误都可以事先得到更正。

要启动程序，首先要将调试好的程序通过电缆从 PC 或笔记本电脑传输到控制器的内存中。

**1. 程序开发**

遮阳帘开始只能用 S1 以手动方式升、降，并结合风力传感器来防止狂风对遮阳帘的损坏。

开发程序时必须注意以下情况：

- 点动模式：只有在双摇杆开关 S1 动作时，遮阳帘才能上、下移动，如图 2-17 中①、②所示。

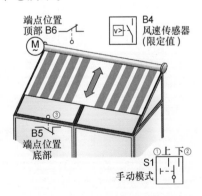

图 2-17 手动模式控制时用到的触点

- 当开关释放时或到达两个端点时电动机停止。

- 端点开关 B5 和 B6 设计为 NO 触点。因此，信号线的断开会导致电动机自动停止（断线安全功能）。

- 风力传感器：如果风速超过了允许的限定值，遮阳帘会卷起，并且在有风力报警的情况下也不能降下。

一旦启动了 LOGO! Soft Comfort 软件并且定义了"Properties（属性）"以及"Connection names（连接名）"（第 2.3.1 节），就可以在功能块图（FBD）方式下生成控制程序。

用快速开始（第 1.6.1 节）中介绍的方法输入接点（输入 I，输出 Q）。每个接点以 I1 到 I6 的顺序，通过点击打开的元件目录上的"Input"③符号插入到程序中。并以同样的方法处理 Q1 及 Q2。

通过点击"Restore/Minimize（恢复/最小化）"钮④可以显示对象目录。

一旦插入的元件在连接表中被赋予了连接名，该名称会显示在程序中该块的旁边⑤。

插入的连接点必须通过开关程序连接到输出点，如图 2-18 所示。这需要通过点击"Connect（连线）"实现⑥，如图 2-19 所示。由于要输入的程序工作于点动方式，因此只需要逻辑操作（与⑦，或）。

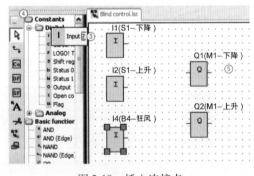

图 2-18 插入连接点

**2. 信号的反相**

由于遮阳帘必须在没有风力报警的前提下才能工作，所以输入 I4 必须经过反相。这样风力监控会出现"0"状态。输入 I4 的反相可以通过双击相应的 & 输入点①或插

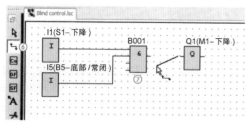

图 2-19　连接对象

入一个分离的块(基本功能②)来实现。

**3. 下降运动**(如图 2-20 所示)

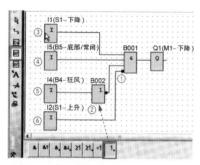

图 2-20　遮阳帘下降运动的程序

在以下情况下遮阳帘只能用 S1③降下：

● 限位开关 B5④的 NC 触点没有受激励，因此其状态为"1"；

● 风力传感器 B4⑤没有受激励；

● 上升开关触点 I2⑥没有受激励(触点闭锁)。

**4. 上升运动**

遮阳帘上升：

● 风力传感器 B4⑦受激励；

● 输入 I2⑧由开关 S1 激发，由于开关的两个方向是互锁的，因此 I1 扫描到相反的电平⑨；

● 限位开关 B6⑩必须是非激励状态("1"状态)。

与逻辑信号⑪得以输出，如图 2-21 所示。

**5. 手动模式的完整程序**

下面将上面讨论过的两部分程序合并成一个完整的程序，如图 2-22 所示。由于连接器在程序中只能插入一次，因此必须采取分支的方法。

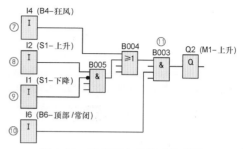

图 2-21　遮阳帘上升运动的程序

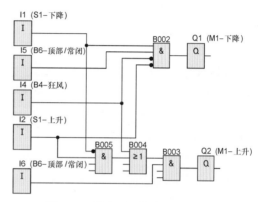

图 2-22　带有风力传感器的遮阳帘
手动模式的完整程序

输入点 I1 和 I2 不能同时被激励，以保证 Q1 和 Q2 不同时被激励。所用的转换开关具有机械"反向锁"装置，可以利用机械互锁防止同时触发上升和下降运动。而两个输入点 I1 和 I2 也是有程序互相锁定的。因此，如果单独加入一个开关，程序也具有防止错误动作的保护措施。

**6. 仿真**

LOGO！Soft Comfort 软件具有仿真功能，该功能使得开关程序在运行于控制器之前可以进行测试。这样的优点是在程序对系统造成错误或损害之前可修正其错误。

当点击"Simulation(仿真)"按钮时，在屏幕的底部会出现输入栏，该栏显示以开关表示的输入点和以灯表示的输出点。无论是开关符号(见图 2-23)还是输入点符号(见图 2-24)都通过点击予以激励。等输出点处于激活状态时，灯会亮起。

传感器的仿真类型可以在仿真之前予以

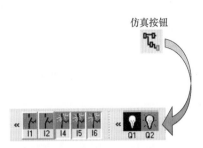

图 2-23 仿真工具栏和 "Simulation" 按钮(上图)

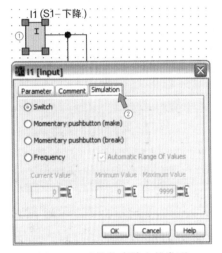

图 2-24 确认仿真输入的类型

定义。通过选择对象属性(双击连接器的图标①),可以打开如图2-24所示的窗口。在窗口的 "Simulation" 中可以选择开关、NO触点、NC触点等。

为了适合系统的仿真,位于 I5 和 I6 的两个限位开关选为 "NC 触点"。此时其他的输入点要用开关占位,这是自动完成的,是系统预设的。由于使用鼠标一次只能激励一个开关,因此多输入点的应用可能会在仿真时出现问题。另一方面,开关动作之后,其信号会处于保持状态。

除仿真操作的反应之外,也可以仿真掉电的反应。从安全方面考虑,该功能极其重要,因为不能允许可能带有危险性的驱动装置在掉电之后自行启动。运行状态的存储、重启等都可以通过点击 "Power failure(电源)" (见图2-25)在仿真时予以检查。

由于之前编写的遮阳帘程序并没有存储

功能,因此仿真时 "Power failure" 可以不用。电源恢复后,程序会与之前的状态相同。

图 2-25 "Power failure(电源)" 钮

图 2-26 所示为风速报警情况下的整个程序的仿真。输入点 I4 触发 Q2,因此遮阳帘在狂风的情况下自动卷起。遮阳帘不能放下可通过 I1 触发,因为 Q1 只能在风力传感器 I4 为 "0" 状态时才能被激励。

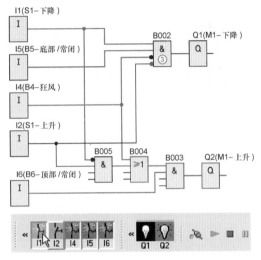

图 2-26 风速报警情况下遮阳帘控制的仿真

位于 I5、I6 的两个限位开关已经在仿真时设定为 NC 触点。它们的状态均为 "1",因为遮阳帘不处于任何一个端点。

### 2.3.3 程序的传送

程序生成之后就可以传送到 LOGO! 控制器中。在试车阶段,程序可以进行在线测试,这十分有助于程序纠错。

PC/笔记本与 LOGO! 控制器之间的在线通信有如下需求:

• 完整版的 LOGO! Soft Comfort 软件,因为演示版软件没有在线功能;

• PC/笔记本与 LOGO! 控制器之间的连接电缆,如图2-27所示;

• 控制器不能在运行模式或编辑模式。

PC/笔记本与 LOGO! 控制器的连接

图 2-27　PC 电缆的连接

电缆必须连接到 PC/笔记本的相应端口。为连接电缆必须将盖板或程序模块（卡）从 LOGO！控制器上取下。

**1. 接口设置**

在使用串行口时，必须在 LOGO！Soft Comfort 进行接口设置。设置是在菜单中按以下顺序进行的：

Tools（工具）→Options（选项）→Interface（通信接口），如图 2-28 所示。

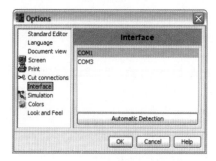

图 2-28　在线连接的端口设定

端口也可以在此选项中自动确定。

**2. PC←→LOGO！模式的设置**

如果控制器正处于运行模式，那么在程序传输之前必须先设定为停止状态。有两种方法：

● 点击 PC 上的"LOGO！mode（LOGO！模式）"（见图 2-29）按钮②；

图 2-29　程序传输的软按键

● 在控制器上点击 ESC 键，而后点击 >STOP。

当开始程序传输时，PC←→LOGO！模式会自动建立，如图 2-30 所示。

！**注意**：早期版本的控制器（0BA3 及之前），PC ←→ LOGO！控制器模式可以由以下方法设定：

图 2-30　程序传输期间的显示

● 在菜单项中选择 PC/Card 及显示的 PC ←→LOGO！控制器；

● 短暂关闭 LOGO！控制器电源。电源恢复时，LOGO！控制器会自动连接到 PC 上。

**3. 向 LOGO！控制器传输程序**（上载）

只有 LOGO！控制器设定为 STOP（停止）模式时，才能传输控制程序。可以用 LOGO！Soft Comfort

图 2-31　PC→LOGO！控制器按钮

软件（见图 2-31）或控制器上的输入键完成此操作。

**4. 从 LOGO！控制器传输程序**（下载）

LOGO！Soft Comfort 软件同样允许程序从控制器传输到 PC 上，并可以将程序存入 PC。如果程序是用口令保护的，那么用 PC 对其进行调用同样是受保护的。

从控制器下载程序的要求与上载时一样。点击"LOGO！控制器→PC"钮就可以开始程序传输（见图 2-32）。

图 2-32　LOGO！控制器→PC 按钮

**5. 在线测试**

使用"Online test（在线测试）"（见图 2-33）可以"实时地"观察开关程序对不同输入信号的反应。与仿真形成对照，在这种情况下显示的是实际的状态。这样可以完成系统的检错工作（如电路开路、传感器失效、参数错误等），因为每个输入信号都可以在 PC 上看到。

图 2-33　"Online test（在线测试）"按钮

为此，监控模式（见图 2-34）必须激活。程序中需要监控的块必须选中。

在线测试的要求：

• PC 和 LOGO! 控制

器必须通过电缆连接。

图 2-34 "Monitoring mode（监控模式）"按钮

• LOGO! 控制器必须处于运行模式。

• 需要测试的程序必须以 FBD 的形式显示，并且 PC 中的程序要与控制器中的程序相同。

• 最多可以监控 30 个块。

! 注意：在线测试只对 0BA4 及之后的系列有效，老版本的无此功能。

## 2.4　将控制扩展到自动模式

之前的遮阳帘手动控制模式（第 2.3.2 节）得到了客户的好评。特别是在有狂风的情况下遮阳帘的回收保证了使用的安全。但是也出现了新问题，就是在阳光充足时，如果遮阳帘没有手动展开，则温室会过热。

**1. 遮阳效果如何才能最佳？**

用户记得，在进行初次安装时曾被建议使用亮度传感器，但是由于费用的原因没有安装。使用该传感器将使温室的自动遮阳成为可能。

由于用户想增加温室的舒适度，因此他需要咨询改造的费用。你可以告诉他材料及安装的费用并不太高。

由于需要对开关程序做一些修改，因此需要计算材料及安装之外的程序扩展及调试的时间成本。

**2. 自动模式需要哪些支出？**

在现有的控制器中，3 个输入点 I3、I7 和 I8 还未使用，因此在 LOGO! 控制器方面无需进行装置扩展。

硬件扩展方面主要是亮度传感器的安装与连接，如图 2-35 所示。它被连接到控制器的 I3（见硬件表，第 2.2.2 节）。需要额外设置一个模式转换开关 S7（手动/自动）。这个开关连接到 I7 和 I8。它可以限制自动模

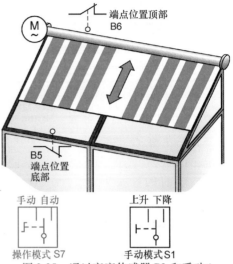

图 2-35　通过亮度传感器 B3 和手动/自动开关 S7 扩展现有系统

式，建议在冬天不使用自动模式。

开关程序修改后，新传感器 B3 和 S7 使遮阳帘可以自动操作。

! 注意：将控制扩展为亮度自动控制模式需要如下额外支出：

• 用以测量日光辐射亮度的传感器 B3 的安装、接线。

• 自动开关 S7 的安装及接线。

• 编写自动模式的开关程序。

亮度传感器 B3 的限值为可调，当亮度高于限值时，传感器输出二进制"1"信号；如果低于限值，则输出信号消失。限值的高值与低值之间的差值称为"回差"。亮度传感器如图 2-36 所示。

图 2-36　亮度传感器

旋转开关 S7 有两个位置：

手动→连到控制器的 I7；

自动→连到控制器的 I8，如图 2-37 所示。

**任务**

计算遮阳帘控制程序扩展的成本时要

考虑:

传感器、电缆的材料需求;工资部分要计入安装、编程、调试和文件整理费用。

图 2-37 旋转开关

### 2.4.1 程序的复制

用"File(文件)"→"Save As(另存为)"命令可以将以前的项目"Blind control"复制到新名称之下(如"Blind_AUTO.lsc")。

复制以前的项目具有"连接表"和"属性"可以在新项目中继续使用的优点。改变项目名称时,可以使用"File(文件)"→"Properties(属性)"调用以下窗口,如图 2-38 所示。

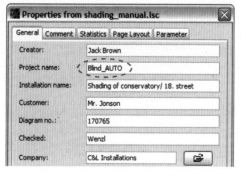

图 2-38 在"Properties(属性)"
窗口中改变项目名称

必须将传感器 B3①和手动/自动开关

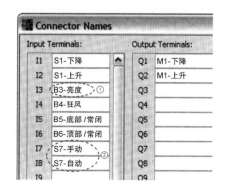

图 2-39 在连接表中扩展传感器
B3 和自动开关 S7

S7②加入到连接表中,如图 2-39 所示。通过"Edit(编辑)"→"Input/Output Name(输入/输出名称)"可以调用连接表。

!**注意**:如果现有的 LOGO! Soft 项目需要扩展或修改,最好将其复制。

只要将现有工程存到一个新名称下即可完成复制工作。这样做的好处是现有电路和连接表可以继续使用或予以扩展。

### 2.4.2 自动模式下系统的特性

遮阳帘将来要工作于自动模式,因此当阳光照射强的时候,遮阳帘会自动降到底。自动模式没有提供中间位置的自动停止功能。由于阳光照射控制系统的独立性,仍然可以使用 S1 控制遮阳帘的上升或下降。风力传感器在有狂风的情况下可自动控制遮阳帘,因此不可能再用手动模式控制遮阳帘下降。

在开发程序时,需要注意以下情况:

● 手动模式:如果转换开关 S1 被激励超过 0.4s,则遮阳帘移动到相应的端点位置,并由限位开关停止。对 S1 的短时激励会停止运行中的遮阳帘,但是要改变遮阳帘的运行方向,则必须保证 S1 受激励超过 0.4s。

● 风力报警:如果超过限值,遮阳帘会收回(向上)。独立于操作模式,在风力报警的情况下,遮阳帘不能展开。

● 自动模式:当有充足的阳光照到传感器 B3 上时,遮阳帘会全部展开。当阳光照射低于限值时,遮阳帘会在延时一段时间后收回。

### 2.4.3 手动编程模式

首先用前面介绍的方法插入所有需要的输入点(I1~I7)以及输出点(Q1、Q2),如图 2-40 所示。大部分的连接器在以前的程序中已经存在了,因此只要用选择键(箭头钮)删除连线即可。

**1. 插入存储元件**

既然要使遮阳帘的运动长期处于开的状态,即使摇杆开关被短时激励也不改变此状

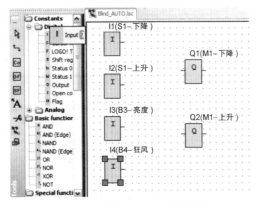

图 2-40　带有连接名的连接器

态，就需要存储运动状态。为达到此目的，使用了 LOGO! Soft 中的两个锁存继电器。它们可存储两个运行方向的状态。

自锁型继电器可以在元件目录的"Special functions（特殊功能）"→"Miscellanious（杂项）"①中找到，如图 2-41 所示。

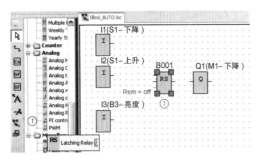

图 2-41　插入自锁型继电器

**2. 插入定时器**

电路中要插入两个"开延时"定时器，这样可以防止两个运行方向之间的直接转换。这对于驱动的平稳运行很有必要。另外，摇杆开关的短时激励只能停止遮阳帘的运行，而较长时间的激励才能使驱动方向改变。

定时器可以在元件目录的"Special functions（特殊功能）"→"Timers（定时器）"②中找到，如图 2-42 所示。

**3. 锁存继电器**（RS 存储元件）

RS 存储元件在控制程序中具有自锁功能，这类似于继电器电路中的自保触点。RS 存储元件如图 2-43 所示。

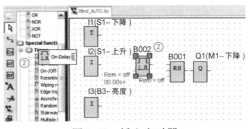

图 2-42　插入定时器

图 2-43　RS 存储元件

一个短暂的"1"信号（脉冲）就足以使其置位或复位。如果两个输入端被同时触发，则复位输入具有优先权③，即存储元件具有二进制"0"状态。

参数保持：由于安全的原因，通常要求存储元件在掉电后复位。

如果掉电后不允许驱动装置自动启动，则参数保持应该设置为"off（关闭）"④。对于所有存储元件来说，这是标准的预设。

但是如果特定的状态（如报警灯，位置显示）需要在掉电时予以保持，则存储元件的参数保持必须设置为"on（开启）"。

**4. 用于接通延时的定时器**

LOGO! 控制器可以编程众多定时器功能。定时器可提供特殊功能。控制遮阳帘需要"接通延时继电器"（见图 2-44）。

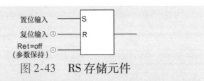

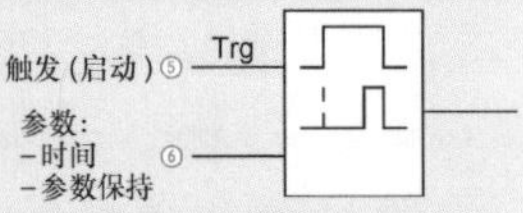

图 2-44　定时器

触发端⑤的"1"信号启动预设的延时时间。触发信号必须一直有效直到输出转换；换句话说，在整个延时期间，该信号不能回到"0"。

触发信号的消失会导致：

-当前延时时间消失，必须重新启动才能恢复延时时间。

-如果延时时间已过，输出 Q 已变为"1"，则被复位。

该定时器具有两个可调参数⑥：

- 延时时间；
- 参数保持（在掉电时给予保护）。

两个参数可以在它们自己的窗口予以设定。双击程序块图标时可以出现该窗口。

### 5. 设置定时器参数

通过图 2-45 所示的窗口选择时基，并使用上、下箭头键输入时间值可以对延时时间予以设定。注意，第一个数字框指定的是基本单位值的倍数，而第二个数字框指定的是基本单位值的百倍。

图 2-45 中所设定的是 0:40s①。基本单位为 1/100s 下的 0:40s，表示 0 个完整秒和 40/100s。

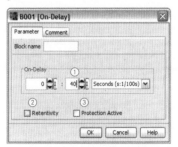

图 2-45 设定接通延时及参数
保持的窗口

! **注意**：选定"Retentivity（激活参数保持）"②的意思是：当出现掉电的情况时，掉电时定时器达到的值以及输出的状态会被存储。

如果选定"Protection active（激活参数保护）"③，意思是：在程序运行阶段，时间值不能改变。

### 6. 手动模式下的向下运动

在前面的程序中（第 2.3.2 节），触点必须在遮阳帘运行过程中保持受激励状态。现在可以用瞬时接触信号手动操作遮阳帘。因此输出状态必须用自锁继电器予以保存，如图 2-46 所示。

置位输出点 Q1

- ④S1-DOWN 开关激励至少 0.4s。RS 元件 B001 只能由定时器⑤在接通延时后置位。
- ⑥输出 Q2 必须为关闭状态。该扫描对应于已编程控制器硬件接线的互锁。因此扫描为反相。
- ⑦风力传感器 B4 具有"0"状态（无风力报警）。在低风速的情况下，遮阳帘只能向下运动。
- ⑧开关 S7 被置为"Manual（手动）"。

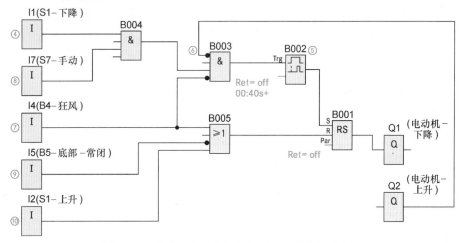

图 2-46 手动模式下遮阳帘向下运行的控制程序段

复位输出点 Q1

- ⑦风力报警：B4 出现"1"信号。
- ⑨底部限位开关 B5 出现"0"状态。
- ⑩开关 S1 受激励，向上运动，换句

话说，方向发生翻转。

为清楚起见，本例中用软件删除了 S1-DOWN 和 S1-UP 开关的互锁。因为开关具有机械反向锁止功能，向上和向下运动同时启动的

情况不会发生。这足以对两个输入点进行互锁。

### 7. 手动模式下的向上运动

控制遮阳帘向上运动（Q2）的程序在设计上与向下运动相似。主要区别在于风力传感器同样可以触发遮阳帘的卷起。

图 2-47 所示的仿真过程说明了在风力报警的情况下程序的反应。"1"信号出现在风力传感器 B4 上，它接通输出 Q2。由于输入点 I6 仍然为"1"信号，这说明还没有到达上端点限位开关的位置。

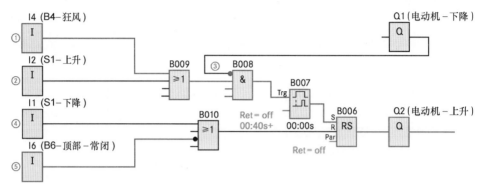

图 2-47 风力报警时的遮阳帘向上运行控制程序的仿真

置位输出点 Q2

RS 存储元件由以下传感器置位：

- ①B4 狂风情况（风力检测）；
- ②S1-UP（遮阳帘开关，I2 输入点）。

置位输出，以下条件是必需的：

- ③Q1（下降运行）是关闭的（Q1 与 Q2 之间的互锁）。

复位输出点 Q2

以下两个方法中的任何一个均可以复位存储元件：

- ④用 I1，即向下运动开关；
- ⑤激励限位开关 B6，它会输出"0"信号。

要接通某一个方向的运动，相应的摇杆开关必须激励 0.4s 以上。开关相反方向的短暂激励会停止遮阳帘的运行。

### 8. 手动模式程序的完成

如图 2-48 所示为到目前为止所编制的手动模式的程序。在有狂风的情况下遮阳帘的向上运动具有优先权。

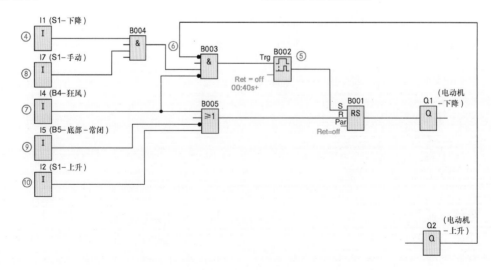

图 2-48 带有延时反向和风力报警的遮阳帘手动模式控制程序

### 2.4.4 自动编程模式

在此之前遮阳帘只是由手动模式控制（第2.4.3节）。现在需要对程序进行升级，加入亮度传感器B3，这样就形成了自动遮阳。除传感器B3之外，开关S7（手动/自动）也要进行更改。它可以用来进行手动模式到自动模式的切换。手动模式可以使遮阳帘不按照预先设定的方式工作（比如冬天的时候）。

### 1. 自动向下运动

在图2-49所示的电路中，自动向下运动（Q1）由亮度传感器B3①接通。要确保只有在自动模式下才能如此，传感器B3须被连接到自动开关S7-AUTO②上。通过将开关S7置于"Manual（手动）"③，可以在任何时候停止遮阳帘的自动运行。然后可以通过S1-DOWN④来使遮阳帘工作。

自动模式与手动模式都可以使遮阳帘工作，因此，两者以或逻辑⑤结合。

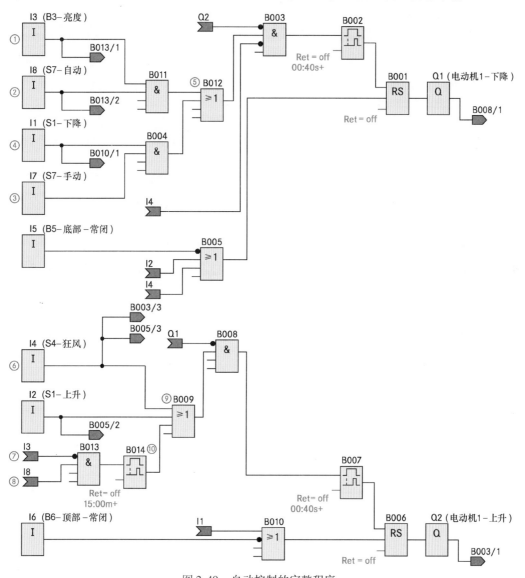

图2-49 自动控制的完整程序

#### 2. 自动向上运动

如图 2-49 所示。自动向上运动（Q2）由风力传感器 B4⑥或在低光照（B3 = 0，⑦）自动模式下（I8 = 1，⑧）启动。两个启动条件以或逻辑⑨结合，同时也整合有手动模式（S2）。亮度传感器 B3 的"0"信号由定时器⑩延时 15min。因此可以避免短时间的光线暗（如短时的云遮日）造成的遮阳帘卷起。

#### 3. 分离

复杂的电路通常会由于线条的交叉而变得不清晰。可以将线条打断来避免交叉。断开线条可以通过点击鼠标右键实现。

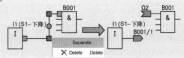

图 2-50　分离示意图

# 3 带计数功能的停车系统

## 3.1 任务描述

科隆市中心只有很少的停车位。Gauky公司希望有自己私有的停车场,同时可以提供给客户或员工12个免费停车位。他们让Parktechnik公司来提供带有驶入控制的停车系统。

为达到此目的,需要配置如图3-1及图3-2所示的两个带有可反转电动机(Q1及Q3用于打开,Q2及Q4用于关闭)的栏杆,进口处的带钥匙开关的立柱,以及如下传感器(NC触点):

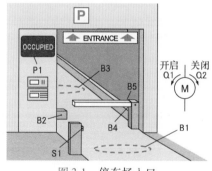

图 3-1    停车场入口

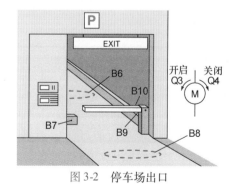

图 3-2    停车场出口

- B1,B6:栏杆前的感应环;
- B2,B7:用于检测在栏杆之下物体的反射式传感器;

- B3,B8:栏杆后的感应环。

栏杆装置有终点开关(NO触点),用来检测下端点(B4,B9)和上端点(B5,B10)位置。除此之外,入口处还有显示屏P1,显示"Occupied(已满)"。

**功能描述**

当车辆驶近时,在满足如下条件时,栏杆抬起:

驶入

- 钥匙开关已经打开;
- 感应环B1为"1"信号。

驶离

- 电感线圈B6为"1"信号。

栏杆打开至端点位置,只要反射传感器B2和B7检测到物体("1"状态)就不能关闭。

当所有车位均满时,"Occupied(已满)"灯亮起。此时入口锁闭。

## 3.2 硬件组态

### 3.2.1 LOGO!控制器的选用

在选择正确的LOGO!控制器模块之前,首先要定义数字量输入(DI)和数字量输出(DO)。

**1. 输入和输出元件的数量**

表3-1列出了所需的输入和输出元件。执行机构的数量就是输出点的数量,而输入元件的数量必定与输入点的数量相等。

LOGO!的基本模块有8个数字量输入点和4个数字量输出点(见表3-2)。但是,由于需要11个输入点和5个输出点,就需要为多出的3个输入点和1个输出点扩展一个DM8模块(见表3-3)。

表 3-1　装置列表

| 元　件 | 名　称 | LOGO! DI | LOGO! DO | 元　件 | 名　称 | LOGO! DI | LOGO! DO |
|---|---|---|---|---|---|---|---|
| 输出熔断器 | F1 | | | 栏杆 2 抬起终点开关 | B10 | X | |
| 24V 熔断器 | F2 | | | 钥匙开关 | S1 | X | |
| 输入熔断器 | F3 | | | 栏杆 1 抬起主接触器 | Q1 | | X |
| 栏杆 1 之前的感应环 | B1 | X | | 栏杆 1 落下主接触器 | Q2 | | X |
| 栏杆 1 之下的光栏 | B2 | X | | 栏杆 2 抬起主接触器 | Q3 | | X |
| 栏杆 1 之后的感应环 | B3 | X | | 栏杆 2 落下主接触器 | Q4 | | X |
| 栏杆 1 落下终点开关 | B4 | X | | LOGO! 24RCo | K1 | | |
| 栏杆 1 抬起终点开关 | B5 | X | | LOGO! DM8 12/24R | K2 | | |
| 栏杆 2 之前的感应环 | B6 | X | | LOGO! 电源 | K3 | | |
| 栏杆 2 之下的光栏 | B7 | X | | 信号灯 "Occupied（已满）" | P1 | | X |
| 栏杆 2 之后的感应环 | B8 | X | | 需要的输入点数量 | | 11 | |
| 栏杆 2 落下终点开关 | B9 | X | | 需要的输出点数量 | | | 5 |

表 3-2　基本模块

| LOGO! 控制器基本模块 | | | | | | | | |
|---|---|---|---|---|---|---|---|---|
| 版　本 | | 带显示、带键盘基本型 | 无显示、无键盘单纯型 | 时　钟 有 | 时　钟 无 | 数　字　量 8 输入 | 数　字　量 4 输出 晶体管 | 数　字　量 4 输出 继电器 | 模　拟　量 2 输入、数字量 |
| 24V | AC/DC | X | | | | 8 | | 4 | |
| 24V | DC | | | | | | | | |
| 12/24V | DC | | | | | | | | |
| 115/240V | AC/DC | | | | | | | | |

表 3-3　扩展模块

| 版　本 | | 数　字　量 | | | | 模　拟　量 | | | 通信/24V | |
|---|---|---|---|---|---|---|---|---|---|---|
| | | DM8 4 输入点 | DM8 4 输出点 晶体管 | DM8 4 输出点 继电器 | DM16 8 输入点 | DM16 8 输出点 晶体管 | DM16 8 输出点 继电器 | AM2 输入 V/mA | AM2 输入 Pt100 | AM2 输出 V | ASI | EIB |
| 24V | 3 | | 1 | | | | | | | | |
| 12/24V | | | | | | | | | | | |
| 230V | | | | | | | | | | | |

**2. 输入点**

选定的传感器的工作电压在直流 10～36V 之间。由于这种输入电路的结果，使用电压等级 1 的小型可编程序控制器非常适合。

在控制技术中，24V 逻辑为标准系统。由于它的抗干扰能力更强，相对于 12V 来说更有优势。

**3. 输出点**

因为硬件电路中的接触器需要互锁（参考第 3.2.2 节），因此电路中需要配备主接触器。主接触器的选择需要线圈电压为 DC24V，并且保持电压应该低于 0.3A。这样就可以使用继电器输出或晶体管输出的控制器了。

连接 230V "Occupied（已满）" 信号灯的最便宜的方法是直接通过继电器输出点连接。

**4. 处理和编程**

因为控制器要装入控制箱，所以对于本应用来说，操作面板（显示及按键）是不需要的。选择最便宜的不带显示及按键的基本模块(单纯型)即可。

**5. 成本**

与系统的总成本相比较,迷你型可编程序控制器的硬件成本可以忽略。

**6. 扩展选项**

LOGO! 的模块化设计考虑到了后续可能的扩展需求,如控制通风设备所需的模拟量输入和输出。使用带有时钟的基本模块就可以在低开销的情况下增加日/夜模式。

**7. 结果**

所有的24V基本模块都可以在市场上找到,而且可以方便地选择与之匹配的DM8扩展模块。

在本应用中,选择了LOGO! 24RCo(见表3-2)及扩展模块DM8 24R(见表3-3)。这并非是最便宜的解决方案,但是所选的硬件带有时钟及空的继电器输出点,这样可以为日后的扩展做好准备。

### 3.2.2 LOGO! 控制器接线图

在设计接线图时要考虑多方面的因素。

**1. 安全**

控制器要永远保证人身安全。机械设备安全的相关指令由 DIN EN60204-1 ( VDE 0113 ) 予以定义。人员与机器或产品之间保护的差别参见第4.2.2节。

本任务仅限于对机器提供保护,因此电动机配置有接触器硬件互锁。

接触器互锁(见图3-3)用来防止Q1/Q2或Q3/Q4的同时接通。这可以防止小型可编程序控制器故障或接触器机械故障时的短路。当Q1接通时,其辅助触点1受到激励,而Q2则不能接通;相反,当Q2接通时,辅助触点2防止Q1的接通。

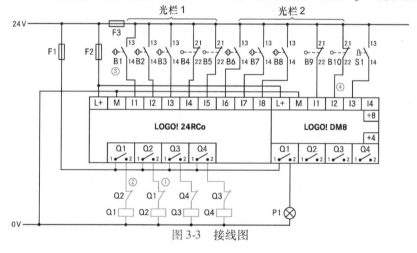

图3-3 接线图

限位开关 B4、B5、B9、B10 设计为常闭触点来防止断路故障(参见第4.2.2节)。

安全方面的问题应与业主详谈并且应该做文字记录。

**2. 分配表**

经过认真安排的传感器和执行器分配可以防止后面的接线错误,并且可以使软件的设计清晰、简单。

微型可编程序控制器的接线对于安装工程师和程序员来说必须清晰并合乎逻辑。

本案例中,传感器(B1~B10)的命名可以与输入点的号码靠拢。例如,连接到输入点 I1 的对象名称为 B1③或连接到输入点I10(DM8,I2)的对象名称为 B10④。

I1~I5 输入点组被称为"入口"输入点,而 I6~I10 输入点组被称为"出口"输入点。因此,具有相同功能的输入点相差5个号码:

- I1 及 I6 位于栏杆之前的感应圈;
- I2 及 I7 位于栏杆之下的光栏。

钥匙开关 S1 连接到输入点 I11（DM8，I3）。输出点 Q1/Q2 及 Q3/Q4 每对自成一组。

> • 硬件及软件互锁为逻辑操作，可以防止非预期的开关状态。
> • 使用辅助触点连接而成的互锁称为接触器互锁。
> • 涉及人身安全时，互锁必须是由硬件完成的。
> • 用于机器和产品的互锁可以是硬件，也可以是软件。

## 3.3 软件组态

### 3.3.1 软件分析及规划

在进行软件开发之前应该先进行基础系统分析。这样可以避免许多编程的错误，并且可以使解决方案为最佳（可能极简单）。虽然这样可能会在开始阶段花费更多的时间，但是磨刀不误砍柴工。它不仅可以省下后续的时间，而且可以减少项目费用。

要明确项目的要求，画出停车控制系统的信号/时间图（见图 3-4）是很有意义的。表 3-4 解释了时间图的每一步。该项目的微型可编程序控制器同样使用了连接名称（见图 3-5 所示）。

表 3-4 入口信号/时间图

| 序 号 | 入口/（出口） |
|---|---|
| 1 | • 栏杆关闭<br>• 端点开关 I4（I9）激活<br>• 栏杆前无车 |
| 2 | • 栏杆前有车<br>• 传感器 I1（I6）激活 |
| 3 | • 钥匙开关 I11（仅入口有）激活<br>• 传感器 I1（I6）保持激活<br>• 传感器 I3（I8）保持激活<br>• 车辆数 <12，软件计数器 |
| 4 | • 栏杆打开<br>• 输出 Q1（Q3）置"1" |
| 5 | • 栏杆完全打开<br>• 端点开关 I5（I10）激活 |
| 6 | • 车辆进入停车场<br>• 信号变换 I1→I2（I6→I7） |
| 7 | • 车辆进入停车场<br>• 信号变换 I2→I3（I7→I8） |
| 8 | • 车辆位于停车场<br>• 栏杆关闭<br>• 输出 Q2（Q3）置"1" |
| 9 | • 栏杆关闭<br>• 端点开关 I4（I9）激活<br>• 栏杆前无车 |

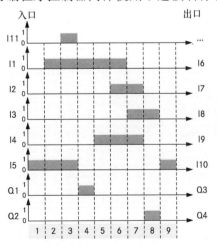

图 3-4 信号/时间图

图 3-5 连接名

由于使用了对象分支，使整个系统变得更加清楚：

- 对象 1：入口栏杆打开；
- 对象 2：入口栏杆关闭；
- 对象 3：输出 Q1/Q2 互锁；
- 对象 4：出口栏杆打开；
- 对象 5：出口栏杆关闭；

- 对象 6：输出 Q3/Q4 互锁；
- 对象 7：计数器；
- 对象 8："Occupied（已满）"信号灯。

可以附加如下说明：

- 对象 1 及对象 4 具有相同功能；
- 对象 2 及对象 5 具有相同功能；
- 对象 3 及对象 6 具有相同功能；
- 基于安全的原因，栏杆下的传感器（I2，I7）只有在栏杆落下时才扫描；
- 所有要求的输入点（传感器）都扫描到；
- 每一个电动机输出点（Q1～Q4）都必须通过自锁继电器触发，而自锁由选定的参数保持 REM = ON 实现（参见第 9.4 节）；
- 计数器必须能够在掉电的情况下保持其值（REM = ON）；
- 只在入口处有钥匙开关（S1）。

### 3.3.2 软件编程

软件编程见表 3-5。

表 3-5　软件编程

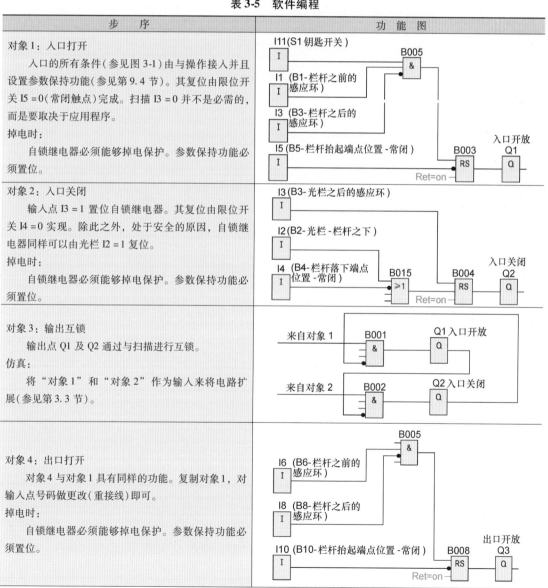

| 步　序 | 功　能　图 |
| --- | --- |
| 对象 1：入口打开<br><br>　　入口的所有条件（参见图 3-1）由与操作接入并且设置参数保持功能（参见第 9.4 节）。其复位由限位开关 I5 = 0（常闭触点）完成。扫描 I3 = 0 并不是必需的，而是要取决于应用程序。<br>掉电时：<br>　　自锁继电器必须能够掉电保护。参数保持功能必须置位。 | I11（S1 钥匙开关）<br>I1（B1-栏杆之前的感应环）<br>I3（B3-栏杆之后的感应环）<br>I5（B5-栏杆抬起端点位置 -常闭）<br>B005 &　B003 RS　入口开放 Q1<br>Ret=on |
| 对象 2：入口关闭<br><br>　　输入点 I3 = 1 置位自锁继电器。其复位由限位开关 I4 = 0 实现。除此之外，处于安全的原因，自锁继电器同样可以由光栏 I2 = 1 复位。<br>掉电时：<br>　　自锁继电器必须能够掉电保护。参数保持功能必须置位。 | I3（B3-光栏之后的感应环）<br>I2（B2-光栏 -栏杆之下）<br>I4（B4-栏杆落下端点位置 -常闭）<br>B015 ≥1　B004 RS　入口关闭 Q2<br>Ret=on |
| 对象 3：输出互锁<br><br>　　输出点 Q1 及 Q2 通过与扫描进行互锁。<br>仿真：<br>　　将"对象 1"和"对象 2"作为输入来将电路扩展（参见第 3.3 节）。 | 来自对象 1　B001 &　Q1 入口开放<br>来自对象 2　B002 &　Q2 入口关闭 |
| 对象 4：出口打开<br><br>　　对象 4 与对象 1 具有同样的功能。复制对象 1，对输入点号码做更改（重接线）即可。<br>掉电时：<br>　　自锁继电器必须能够掉电保护。参数保持功能必须置位。 | B005 &<br>I6（B6-栏杆之前的感应环）<br>I8（B8-栏杆之后的感应环）<br>I10（B10-栏杆抬起端点位置 -常闭）<br>B008 RS　出口开放 Q3<br>Ret=on |

（续）

| 步　序 | 功　能　图 |
|---|---|

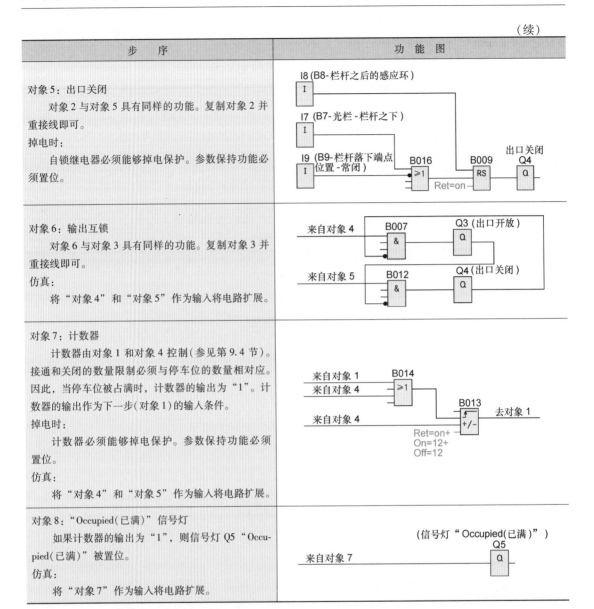

**对象5：出口关闭**

对象2与对象5具有同样的功能。复制对象2并重接线即可。

**掉电时：**

自锁继电器必须能够掉电保护。参数保持功能必须置位。

**对象6：输出互锁**

对象6与对象3具有同样的功能。复制对象3并重接线即可。

**仿真：**

将"对象4"和"对象5"作为输入将电路扩展。

**对象7：计数器**

计数器由对象1和对象4控制（参见第9.4节）。接通和关闭的数量限制必须与停车位的数量相对应。因此，当停车位被占满时，计数器的输出为"1"。计数器的输出作为下一步（对象1）的输入条件。

**掉电时：**

计数器必须能够掉电保护。参数保持功能必须置位。

**仿真：**

将"对象4"和"对象5"作为输入将电路扩展。

**对象8："Occupied（已满）"信号灯**

如果计数器的输出为"1"，则信号灯Q5"Occupied（已满）"被置位。

**仿真：**

将"对象7"作为输入将电路扩展。

**任务**

1. 修改现有硬件。

a）使用LOGO！24o并确定适当的DM扩展模块。

b）画一张新的接线图。

c）现有的程序需要更改吗？解释原因。

2. 停车场只在工作时间开放（上午9点~下午8点）。

a）检查是否需要更改硬件。

b）扩展现有软件，并使用"Working hours（工作时间）"对象。

c）测试新软件。

**3.3.3　整体FBD程序**（见图3-6）

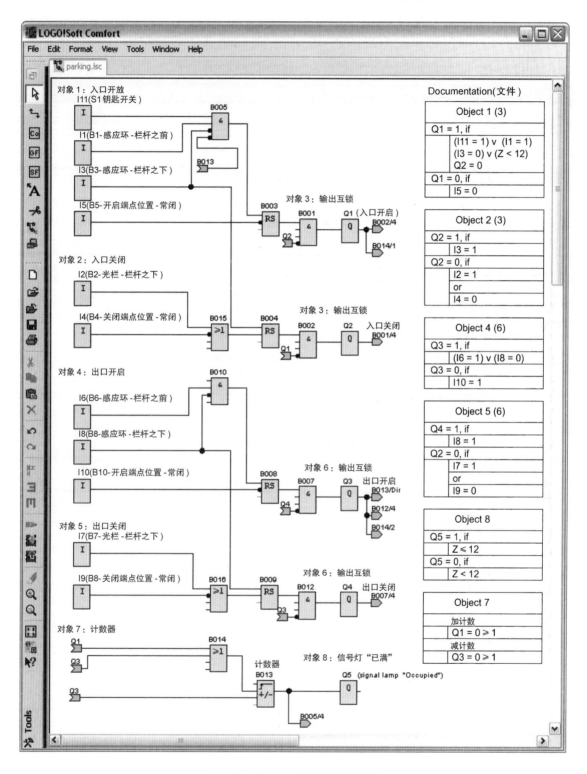

图 3-6　FBD 形式的停车控制程序

### 3.3.4 整体 LAD 程序（见图 3-7）

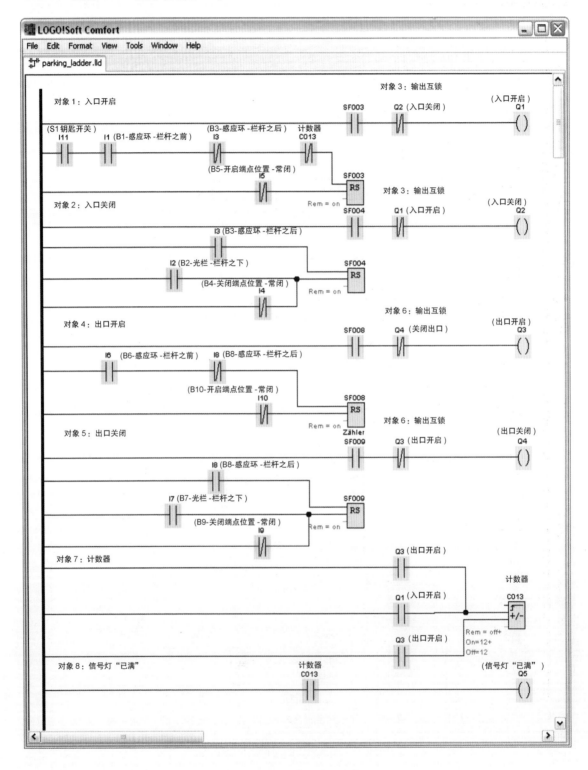

图 3-7 LAD 形式的停车控制程序

# 4 粮仓（时序电路）

## 4.1 任务描述

有一个粮仓（见图 4-1）需要做现代改进。老的控制器需要用 LOGO！控制器予以替换。老的控制面板（见图 4-2）需要保留，这样员工无需再进行培训。因此，新的控制器需要以现有的电路（见图 4-3）为基础进行开发，并且要选择便宜的版本。

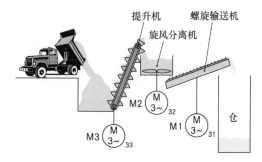

图 4-1　工作流程示意图

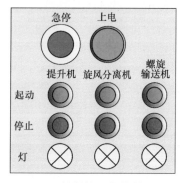

图 4-2　控制箱上的控制面板

**功能描述**

谷物被运到一个坑中，由此，谷物被提升机（带挖斗）送到旋风分离机中。旋风分离机将谷物与谷壳分离并将谷壳吹出。较重的谷物向下运行，并用螺旋输送机输送到粮仓中。

为了确保旋风分离机和螺旋输送机都不

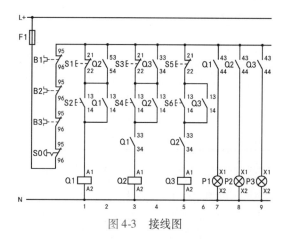

图 4-3　接线图

会过载，系统必须按如下顺序启动：

　　螺旋输送机 ⟹ 旋风分离机 ⟹ 提升机

还必须满足如下条件：

* 必须以相反的顺序关闭；
* 所有操作必须使用现有的控制面板（见图 4-2）；
* 只在控制面板上安置急停按钮；
* 系统的设计必须符合 DIN EN 60204-1 安全指令。

## 4.2　硬件组态

### 4.2.1　LOGO！控制器的选用

为了确定所使用的 LOGO！控制器模块（参见第 8.2.2 节），必须对众多的参数进行讨论。

**1. 输入点及输出点数量**

表 4-1 设备列表定义了所有要求的输入和输出对象。数字量输出点的总数表明需要安装扩展模块。

表 4-1 设备列表

| 对　　　象 | 对象名称 | LOGO!控制器 | |
| --- | --- | --- | --- |
| | | DI | DO |
| 输入熔断器 | F1 | | |
| 灯输出熔断器 | F2 | | |
| 主接触器输出熔断器 | F3 | | |
| 急停按钮熔断器 | F4 | | |
| 急停按钮 | S0 | — | |
| 起动螺旋输送机 | S1 | X | |
| 停止螺旋输送机 | S2 | X | |
| 起动旋风分离机 | S3 | X | |
| 停止旋风分离机 | S4 | X | |
| 起动提升机 | S5 | X | |
| 停止提升机 | S6 | X | |
| 设备上电 | S7 | — | |
| 电动机保护继电器 M1 | B1 | — | |
| 电动机保护继电器 M2 | B2 | — | |
| 电动机保护继电器 M3 | B3 | — | |
| 安全回路辅助触点 | K1 | X | |
| 螺旋输送机主接触器 | Q1 | | X |
| 旋风分离机主接触器 | Q2 | | X |
| 提升机主接触器 | Q3 | | X |
| 螺旋输送机信号 | P1 | | X |
| 旋风分离机信号 | P2 | | X |
| 提升机信号 | P3 | | X |
| LOGO! 230RCo | K1 | | |
| DM8 230R 扩展模块 | K2 | | |
| 需要的输入点数量 | | 7 | |
| 需要的输出点数量 | | | 6 |

## 2. 输入点

现有电路的急停按钮（S0）以及起动和停

止按钮（S1～S6）的设计耐压为直流或交流250V。因此电压的选择不依赖于输入对象。

## 3. 输出点

主接触器和信号灯依然按要求使用交流230V。因此要求微型控制器具有悬浮继电器接点。

## 4. 处理和编程

由于控制器要装入控制柜中，因此无需操作面板（显示和按键）。只有受过培训的人员才能操作控制柜。

## 5. 成本

LOGO！控制器的选择决定了硬件成本及安装成本。考虑到电源单元的安装成本，LOGO！230RC 更适合。除此之外，由于省去了显示，可以降低大约10%的成本。带有时钟的基本模块是不需要的。

## 6. 扩展选项

对于接下来的更改，与业主进行了讨论。由于业主不打算在近期对工厂进行改造，因此，没有必要做扩展的计划。

## 7. 结论

LOGO！230RCo（见表4-2）以及扩展模块 DM8 230R（见表4-3）被选定。这种节省空间的控制器不需要显示及键盘。

部分控制柜连线可以保留，输入及输出对象可以直接连接到控制器上。因此，接线的成本会很低。

LOGO！230RCo 是最便宜的版本。

表 4-2 基本模块

| LOGO! 230RCo 基本模块 | | | | | | | | |
| --- | --- | --- | --- | --- | --- | --- | --- | --- |
| 版　　本 | | 带显示、带键盘基本型 | 无显示、无键盘经济型 | 时　钟 | | 数　字　量 | | 模　拟　量 |
| | | | | 有 | 无 | 8 输入 | 4 输出 | 2 输入、数字量 |
| | | | | | | | 晶体管 | 继电器 | |
| 24V | AC/DC | | | | | | | | |
| | DC | | | | | | | | |
| 12/24V | DC | | | | | | | | |
| 230V | AC | | X | | | 8 | | 4 | |

表4-3 扩展模块

| 版本 | 数 字 量 | | | | | | 模 拟 量 | | | 通信(24V) | |
|---|---|---|---|---|---|---|---|---|---|---|---|
| | DM8 | | | DM16 | | | AM2 | | | ASI | EIB |
| | 4 输入点 | 4 输出点 | | 8 输入点 | 8 输出点 | | 输 入 | | 输出 | | |
| | | 晶体管 | 继电器 | | 晶体管 | 继电器 | V/mA | Pt100 | V | | |
| 24V | | | | | | | | | | | |
| 12/24V | | | 2 | | | | | | | | |
| 230V | | | | | | | | | | | |

### 4.2.2 LOGO! 控制器连接图

#### 1. 安全

控制器要永远保证人身及设备的安全。机械设备安全的相关指令由 DIN EN 60204-1(VDE 0113)予以定义。

需要注意的是:

- 必须有急停元件;
- 必须能够安全地停止设备;
- 设备必须能够承受电路断路。

#### 2. 急停及对接地失效的承受力

如果人员或设备的安全受到威胁,必须能够安全地停止设备。

急停必须满足如下要求:

- 急停必须有高于其他所有操作及功能的优先权;
- 如果某状态会引起危险,必须能够在不需辅助能源的情况下尽快停止;
- 急停的复位必须不会引起设备的自动启动;
- 设备的断电必须通过电磁装置或半导体来实现;
- 急停必须由 NC 触点实现。

图 4-4 所示为使用 LOGO! 控制器做出的粮食存储控制器的接线图。整个控制器有 4 处需要供电:

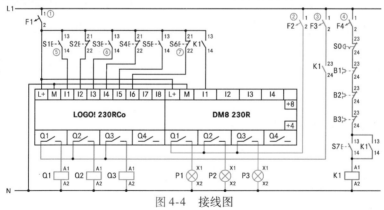

图 4-4 接线图

电路 1①供电-通过 F1-LOGO! 单元与控制元件,还包括开关 K1:I3/I4。

电路 2②供电-通过 F2-LOGO! 输出 DM8 Q1…Q3 上的信号灯 P1…P3。

电路 3③供电-通过 F3 和 NO 触点 K1:23/24-LOGO! 输出 Q1 … Q3 上主接触器 Q1…Q3。

电路 4④供电-通过 F4、急停开关 S0、电动机保护继电器 B1、B2 及 B3,和 S7 按钮常开触点-用辅助触点 K1 自锁。这种串联类型的连接称为安全回路。

操作面板由常开开关 S7 扩展。用此开关可以启动设备,因而 K1 的辅助触点闭合,自锁回路闭合。K1 的辅助触点使能电路3(K1:23/24),并给 DM8 的输入点 I1(K1:13/14)提供一个"1"信号。

安全回路 S0/B1/B2/B3 的触发信息由触点 K1:13/14 接入控制器,因而当用 S7 重启时,设备不会通过 K1 的闭合而自动启动。

> ● 必须设计使用开关或半导体的急停单元。

**3. 断路保护**

该保护功能是一种安全措施,保证当出现断路时安全地关闭设备并防止自动启动。

现在来思考如何将这一功能植入电路中。控制器中(见图4-4 所示),设备由常开触点 S1 启动。在⑤或⑥出现的断路会防止设备的开启。作为启动信息的"1"信号不会出现在 LOGO! 控制器的输入端。电路1①上出现的短路会马上关闭设备。

由于 LOGO! 控制器,⑦上出现的断路会使得输入端 I6 的信号为"0"。控制器将该信号理解为按钮 S6 被激励。提升机由软件停止(参见第3.3.2 节)。

因此设备总是由常开触点启动和停止。将控制器接入若干个分支电路意味着一旦出现接地问题,上游保护元件会马上动作。

这对接地问题提供了足够的保护。如果接地问题出现在与安全相关的回路4④中,F4 会被触发,K1 的自锁停止,设备停机。

> ● 接地问题通常是非预期的电路接线与地电位之间的低阻电流通路。
> ● 断路保护需要:
> -启动命令源自常开触点;
> -关断命令源自常闭触点。

## 4.3 软件组态

### 4.3.1 软件分析及规划

在系统分析时(见图4-5),整个系统被分为几个对象。如果可能,每个对象可以再进一步分为若干个对象(参见第3.3.1 节)。然后对最小可能的单元进行编程及仿真。这些对象在此后被结合为一个整体的系统,并使用仿真对其进行测试。

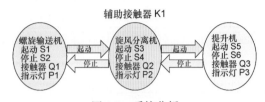

图4-5 系统分析

粮仓可以被划分为如下几个对象:
● 对象1:螺旋输送机;
● 对象2:旋风分离机;
● 对象3:提升机;
● 对象4:起动互锁;
● 对象5:关闭互锁;
● 对象6:信号灯。

根据运行顺序,做如下说明:
● 对象1 为带有上游辅助触点 K1(对象1.1)的自锁电路;
● 对象1、2、3 具有相同的功能;
● 螺旋输送机及旋风分离机在起动和停止上是互锁的;
● 提升机和旋风分离机在起动和停止上是互锁的;
● 辅助触点 K1 必须扫描为"0"信号;
● 停止按钮 S2、S4、S6 必须扫描为"0"信号;
● 起动按钮 S1、S3、S5 必须扫描为"1"信号;
● 信号灯输出点 Q5、Q6、Q7 应该依据输出点 Q1、Q2、Q3 的状态起、停。

### 4.3.2 软件编程

首先列出了连接名(见图4-6)。建议在描述中同时列出对象 ID,作简要说明及至少列出开关触点类型"常闭 NC"。

图 4-6　连接名

连接名表可以帮助避免错误并有利于控制器的升级及维护。

然后对每个对象进行编程及仿真。之后将每个对象一一结合为一个整体的系统。在将系统应用于设备上之前，要对其再一次进行测试。

必须确保软件的文件翔实。连接名表应该配有简要说明。这有助于机器的维护和保养，见表4-4。

表 4-4　连接名表

| 步　序 | 功　能　图 |
|---|---|
| 对象1：螺旋输送机<br>基本电路"自锁"功能（参见第9.4节）。<br>自锁功能由自锁继电器 RS B001 提供。 | 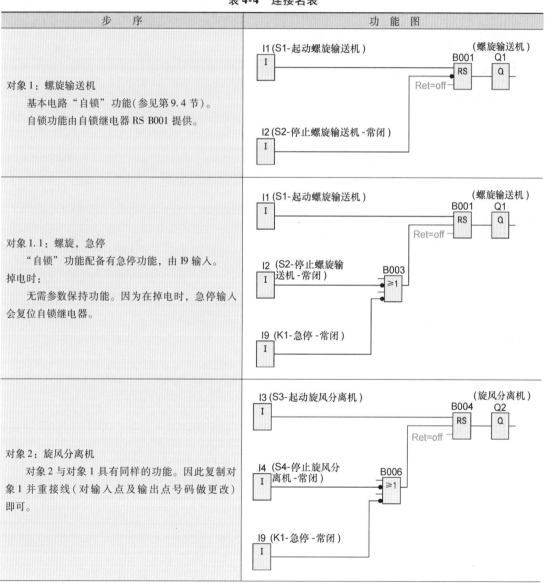 |
| 对象1.1：螺旋，急停<br>"自锁"功能配备有急停功能，由 I9 输入。<br>掉电时：<br>无需参数保持功能。因为在掉电时，急停输入会复位自锁继电器。 |  |
| 对象2：旋风分离机<br>对象2与对象1具有同样的功能。因此复制对象1并重接线（对输入点及输出点号码做更改）即可。 |  |

（续）

| 步　序 | 功　能　图 |
|---|---|
| **对象3：提升机**<br>　　对象3与对象1具有同样的功能。复制对象1并重接线即可。<br>**掉电时：**<br>　　无需参数保持功能。因为在掉电时，急停输入会复位自锁继电器。 | 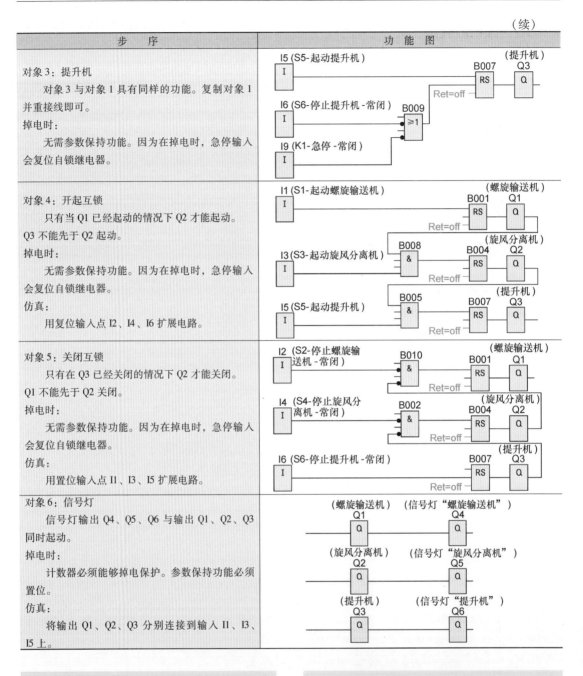 |
| **对象4：开起互锁**<br>　　只有当Q1已经起动的情况下Q2才能起动。Q3不能先于Q2起动。<br>**掉电时：**<br>　　无需参数保持功能。因为在掉电时，急停输入会复位自锁继电器。<br>**仿真：**<br>　　用复位输入点I2、I4、I6扩展电路。 | |
| **对象5：关闭互锁**<br>　　只有在Q3已经关闭的情况下Q2才能关闭。Q1不能先于Q2关闭。<br>**掉电时：**<br>　　无需参数保持功能。因为在掉电时，急停输入会复位自锁继电器。<br>**仿真：**<br>　　用置位输入点I1、I3、I5扩展电路。 | |
| **对象6：信号灯**<br>　　信号灯输出Q4、Q5、Q6与输出Q1、Q2、Q3同时起动。<br>**掉电时：**<br>　　计数器必须能够掉电保护。参数保持功能必须置位。<br>**仿真：**<br>　　将输出Q1、Q2、Q3分别连接到输入I1、I3、I5上。 | |

**任务**

1. 设备要扩展，加入故障指示灯，并将急停和电动机断路器故障区分显示。

a）扩展设备列表，加入信号灯。

b）修改现有接线图。

c）补充连接名列表。

d）补充相应的程序，并进行仿真。

2. 谷仓的满仓需要由数字物位传感器监测。其状态由信号灯显示。

a）首先记下需要做的硬件更改。

b）修改过程草图。

c）补充现有的连接表。

d）修改软件，并作程序的仿真。

e）创建文件。

### 4.3.3 整体 FBD 程序

FBD 形式的粮仓控制程序如图 4-7 所示。

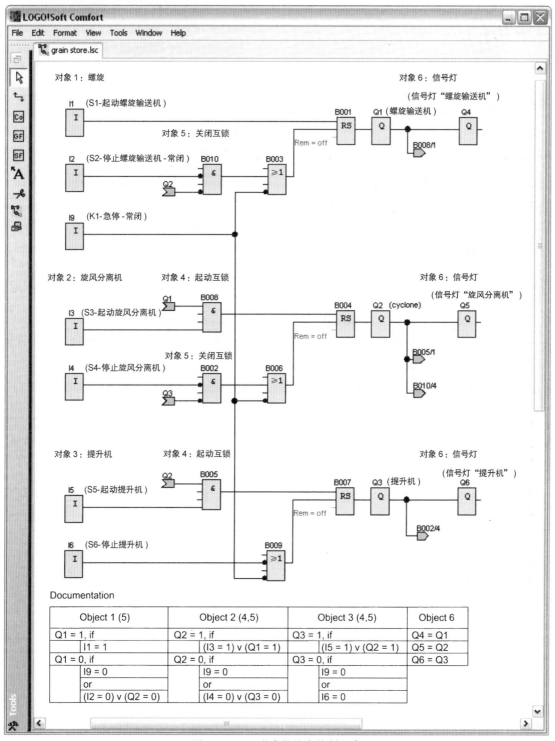

图 4-7　FBD 形式的粮仓控制程序

### 4.3.4 整体 LAD 程序

LAD 形式的粮仓控制程序如图 4-8 所示。

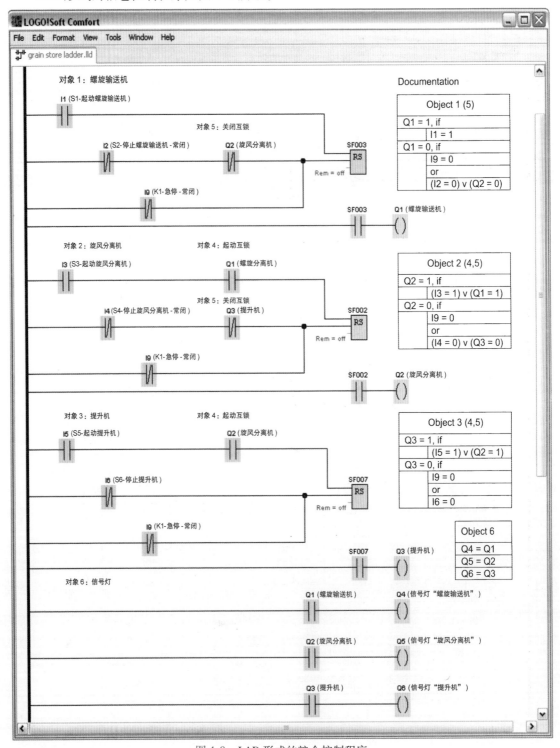

图 4-8 LAD 形式的粮仓控制程序

## 4.4 粮食储存(出口版)

### 4.4.1 任务描述

Grainmix 公司打算出口粮仓,并指定 Elektra 公司为其设计一套低成本的控制系统。

**功能描述**

过去的大部分控制方法均被保留,只是安全规则部分(参见第4.2.2节)予以修改,即人身安全保障部分由软件方式提供(这样可以由进口国,即德国予以调整)。

### 4.4.2 硬件组态

4 部分控制回路(参见第4.2.2节)被组合为一个,如图4-10 所示。这不仅减少了设备数量(见表4-5),也减少了安装成本。

表4-5 设备列表

| 对 象 | 对象名称 | LOGO! | |
|---|---|---|---|
| | | DI | DO |
| 保险 | F1 | | |
| 急停按钮 | S0 | X | |
| 起动螺旋输送机 | S1 | X | |
| 停止螺旋输送机 | S2 | X | |
| 起动旋风分离机 | S3 | X | |
| 停止旋风分离机 | S4 | X | |
| 起动提升机 | S5 | X | |
| 停止提升机 | S6 | X | |
| 螺旋输送机电源接触器 | Q1 | | X |
| 旋风分离机电源接触器 | Q2 | | X |
| 提升机电源接触器 | Q3 | | X |
| LOGO! 230RC | K1 | | |
| 需要的数字量输入点数 | | 7 | |
| 需要的数字量输出点数 | | | 3 |

除此之外,新的信号单元使控制系统更加简单。现在不再使用信号灯(见图4-2),而是使用 LOGO! 显示器作为显示输出,如图4-9 所示。

#### 4.4.2.1 LOGO! 控制器的选用

该措施省去了 3 个输出点 Q4 ~ Q6,同样省去了扩展模块 DM8 230R。不带显示的 LOGO! 230RCo 被替换为带显示和键盘的

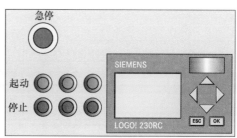

图4-9 出口型的控制面板

LOGO! 230RC。

#### 4.4.2.2 LOGO! 控制器连接图

出口型的安全规则以及信号灯 P1、P2、P3 的取消使接线图变得简化了,如图4-10 所示。起动及停止按钮 S1 ~ S6 和主接触器 Q1 ~ Q3 被予以保留。电路中不再使用辅助接触器 K1,而且将急停按钮的常闭触点①直接连接到微型可编程序控制器的输入端。

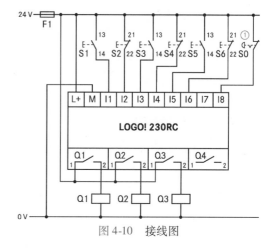

图4-10 接线图

### 4.4.3 软件组态

#### 4.4.3.1 软件分析及规划

软件大部分不用更改。在对象 1、2、3 中(参见第4.3.2节),输入点 I9(辅助接触器)由输入点 I8(急停)替换。对象 6 要重新编程。

在信号单元被编程之前,必须弄清如下问题:

- 何种信息需要显示?
- 信息何时需要显示?
- 每个信息的优先权如何?

为此，生成了矩阵图见表4-6。

**表4-6 信息文本**

| 状 | | 况 | | 信 息 | 优先级 |
|---|---|---|---|---|---|
| — | — | — | — | 故障 | 4 |
| — | Q1 | Q2 | Q3 | 设备运行中 | 3 |
| — | Q1 | Q2 | | 螺旋开，旋风开 | 2 |
| — | Q1 | | | 螺旋开 | 1 |
| S0 | — | — | — | 设备准备好 | 0 |

### 4.4.3.2 软件编程

主要工作是信息文本的编程(见表4-6)。设备的每个状态都有简短的文字予以描述，并被赋予优先级(重要性)。无论有多少信息被触发，仅具有最高优先级的信息才能被输出到显示屏上。因此"Fault(故障)"信息会覆盖"Plant in operation(设备运行中)"信息。

所以说，只有当新的、活动的信息文本的优先级高于正在显示的信息文本①时，才能被显示。

**步骤：**

**对象1：螺旋输送机**

至于软件，除I9由I8替换外，对象1与老版本基本相同。

参数保持：掉电后，设备必须重起，因而不需要参数保持。

**对象6：信息文本**(见图4-11)

急停一旦被触发，必须显示"Plant fault(设备故障)"信息。急停复位后，需要显示"Plant ready(设备准备好)"。如果操作员按动螺旋输送机的起动按钮，这一信息会被"Worm on(螺旋开)"所覆盖。如果旋风分离机起动，这一更高一级优先级的信息文本②(②未出现)会出现在显示中。当"Plant in operation(设备运行中)"处于显示时，所有的机器全部起动并且没有故障。

仿真：用输入 I1 ~ I3 替换输出Q1 ~ Q3。

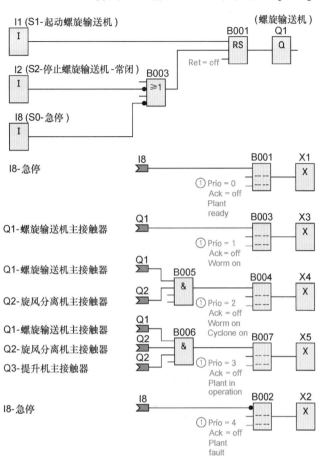

图4-11 信息文本功能图

连接名(见图4-12)仅在屏幕的边上发生变化。对于输出端点来说，用于信号灯的Q5 ~ Q7被省略。输入点 I9(急停电路)由输入点 I8(急停按钮)取代。

图4-12 连接名

# 5  托盘库(步序控制)

## 5.1  任务描述

Mecha 公司设计了一个具有 15 个欧标托盘的空托盘自动库,如图 5-1 所示。他们委托 Tronik 公司用 LOGO! 控制器制作简单的控制装置来完成此原型机。该系统将被用于测试的目的,并不要求满足安全标准。

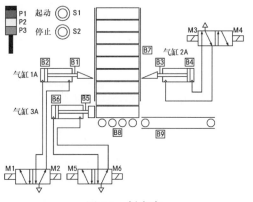

图 5-1  托盘库

### 功能描述

该堆叠库(见图 5-1)用来分离托盘,并将其传送到下一工作步序。

激活起动按钮 S1 后,工作过程起动,传感器 B8 检查托盘台上是否有托盘。如果传感器被激活,则气缸 1A 和 2A 同时伸出,位于气缸之上的托盘被举起。

如果传送带上为空(传感器 B9),则气缸 3A 可以将底部的托盘移出托盘库。然后气缸 3A 缩回,气缸 1A 和 2A 随后缩回。气缸终端位置的扫描由传感器B1 ~ B6 实现。

整个过程将自动运行,可以按停止按钮 S2 停止。

### 信号单元

托盘库的充满程度的监测由光传感器 B7 完成。用信号灯作为信号单元。黄色信号灯 P2 表示托盘库需要装入托盘,绿色(P1)表示正常,而红色(P3)表示故障。

## 5.2  硬件组态

### 5.2.1  LOGO! 控制器的选用

最首要的是要定义数字量输入(DI)和输出点(DO)的数量。

**1. 输入点和输出点的数量**

输入、输出点的总数量(见表 5-1)多于微型可编程序控制器基本装置提供的数量(见表 5-2)。需要使用扩展模块。DM16 扩展单元(见表 5-3)有足够数量的输出点。

表 5-1  设备列表

| 对    象 | 对象名称 | LOGO! | |
|---|---|---|---|
| | | DI | DO |
| 设备起动 | S1 | X | |
| 设备停止 | S2 | X | |
| 气缸 1A 伸出 | B1 | X | |
| 气缸 1A 缩回 | B2 | X | |
| 气缸 2A 伸出 | B3 | X | |
| 气缸 2A 缩回 | B4 | X | |
| 气缸 3A 伸出 | B5 | X | |
| 气缸 3A 缩回 | B6 | X | |
| 托盘库充满程度传感器 | B7 | X | |
| 托盘台有托盘传感器 | B8 | X | |
| 传送带皮带传感器 | B9 | X | |
| 气缸 1A 电磁铁,前进 | M1 | | X |
| 气缸 1A 电磁铁,前进后退 | M2 | | X |
| 气缸 2A 电磁铁,前进 | M3 | | X |
| 气缸 2A 电磁铁,前进后退 | M4 | | X |
| 气缸 3A 电磁铁,前进 | M5 | | X |
| 气缸 3A 电磁铁,前进后退 | M6 | | X |
| 红色信号灯 | P1 | | X |
| 黄色信号灯 | P2 | | X |
| 绿色信号灯 | P3 | | X |
| LOGO! 24o | K1 | | |
| LOGO! DM 16 24 | K2 | | |
| LOGO! 电源 | K3 | | |
| 需要的数字量输入点数量 | | 11 | |
| 需要的数字量输出点数量 | | | 9 |

表5-2 LOGO!基本模块

| 版本 | | 带显示、带键盘基本型 | 无显示、无键盘经济型 | 时钟 | | 数字量 | | | 模拟量 |
|---|---|---|---|---|---|---|---|---|---|
| | | | | 有 | 无 | 8输入 | 4输出 | | 2输入、数字量 |
| | | | | | | | 晶体管 | 继电器 | |
| 24V | AC/DC | | | | | | | | |
| | DC | | X | | X | 8 | 4 | | |
| 12/24V | DC | | | | | | | | |
| 230V | AC | | | | | | | | |

表5-3 扩展模块

| 版本 | 数字量 | | | | | | 模拟量 | | | 通信/24V | |
|---|---|---|---|---|---|---|---|---|---|---|---|
| | DM8 | | | DM16 | | | AM2 | | | ASI | EIB |
| | 4输入点 | 4输出点 | | 8输入点 | 8输出点 | | 输入 | | 输出 | | |
| | | 晶体管 | 继电器 | | 晶体管 | 继电器 | V/mA | Pt100 | V | | |
| 24V | | | | 3 | 5 | | | | | | |
| 12/24V | | | | | | | | | | | |
| 230V | | | | | | | | | | | |

**2. 输入点**

出于成本及安全的原因,基本模块选用工作电压不大于 AC/DC 42V 的。因此,只有 LOGO! 电压等级 1 的可以使用。

**3. 输出点**

信号灯及两位五通电磁阀的工作电压均为24V。电路的功率消耗不大,因此带有晶体管输出的微型可编程序控制器就可以胜任。

**4. 处理和编程**

编程、服务及维护均使用 PC 来完成,因此控制器上不需要有操作单元。所以选择经济型 LOGO!。

**5. 成本**

电压等级为 1 的微型可编程序控制器不需要供电单元,因此不会增加额外的安装成本。

**6. 扩展选项**

控制柜中必须预留空间,以备将来 DM 扩展模块的安装(参见第8.2.2.3节)。

**7. 结果**

最后选定 LOGO! 24o(见表5-2)和 DM16 24 扩展模块(如图5-2所示)。

基本型没有时钟,因此此后将不能加入基于软件的运行时间计数器。软件的更改通过 PC 来实现。

**5.2.2 LOGO! 控制器连接图**

所有的对象都可以直接连接到控制器的输入点及输出点上,如图5-2所示。由于是一个测试系统,安全方面的问题不用考虑。

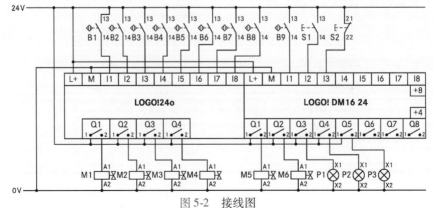

图5-2 接线图

## 5.3 软件组态

### 5.3.1 软件分析及规划

在编程之前要对系统做进一步的研究。功能图对此非常有帮助，因为它们可以提供控制顺序的概览，由此可以得出编程的信息。功能图是由任务描述(参见第5.1节)得出的。

**1. 步进图**

功能图可能的形式之一是步进图。该图以步进功能方式描述气缸的状态。换句话说，就是气缸在哪一步伸出或缩回，如图5-3所示。

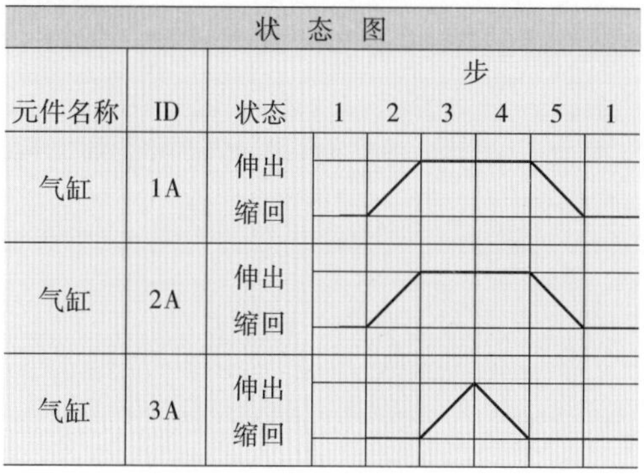

| 状 态 图 | | | | | | | | |
|---|---|---|---|---|---|---|---|---|
| | | | 步 | | | | | |
| 元件名称 | ID | 状态 | 1 | 2 | 3 | 4 | 5 | 1 |
| 气缸 | 1A | 伸出<br>缩回 | | | | | | |
| 气缸 | 2A | 伸出<br>缩回 | | | | | | |
| 气缸 | 3A | 伸出<br>缩回 | | | | | | |

图 5-3 步进图

**2. 功能图**

图5-5所示为所谓步序的功能图。该图适合于对顺序控制的表述。用软件实现的内容没有在功能图中标出。因此与安全相关的逻辑操作(如气缸1A及2A与气缸3A的互锁)没有表示。

功能图与连接名(见图5-4)一起成为顺序程序的基础。每个步序使能条件①以及动作②均可以在编程时简单地集成到序列软件中。

信号单元需要分开考虑，并且必须依任务描述进行设计。

在开始编程之前，已经清楚顺序控制程序是否会被分为若干个对象：

**对象1：操作模式组件**

- 对象1.1：起动/停止/复位；

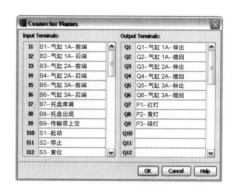

图 5-4 连接名

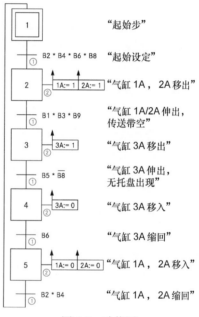

图 5-5 功能图

- 对象1.2：故障。

**对象2：步序**

- 对象2.1：步序1，初始化；
- 对象2.2：步序2；
- 对象2.3：步序3；
- 对象2.4：步序4；
- 对象2.5：步序5。

**对象3：动作**

- 对象3.1：气缸1A的动作；
- 对象3.2：气缸2A的动作；
- 对象3.3：气缸3A的动作。

**对象4：信号组件**

- 对象 4.1：绿色信号灯；
- 对象 4.2：黄色信号灯；
- 对象 4.3：红色信号灯。

可以做如下辅助说明：

**对象 1**

- 通过按动起动按钮设定自动模式。
- 通过按动停止按钮复位自动模式。
- 按动起动按钮显示错误。
- 通过自动模式复位错误显示。
- 在规定的时间内如果步进条件没有满足，则机器进入故障状态。

**对象 2**

- 所有的步序按照顺序执行。
- 一个时刻只执行一个步序。
- 次一级的步序只有在相关条件全部满足，并且上一级步序正在执行的条件下才能被激活。
- 本步序执行时，上一步序自动复位。
- 只要一个步序被置位，则该步序为"1"信号。
- 微型控制器的输入对象在每个周期都要扫描一次，查找"1"信号和"0"信号。这样可以保证这些输入对象工作正常。但这只能在不降低处理速度的前提下实现。
- 在基本设定中，要使尽量多的输入点被扫描到。
- 在掉电的情况下，步序从头开始，因此应该关掉参数保持功能。
- 一个步序激发一个动作。
- 故障和停机都会引起步序的停止。

**对象 3**

- 同样的动作可以设定到一步或几步。
- 出于安全的原因，气缸 1A/2A 都与 3A 互锁。
- 最后一步的激活条件可以忽略，因为基本循环将会重新开始。

**对象 4**

- 红色信号灯为故障信号。
- 黄色信号灯独立于步进程序之外，表

示有托盘出现。

- 绿色信号灯表示工作正常。

处理过程被称为顺序控制。由于是模块化结构，其维护和扩展都非常的简单、清晰。组态和编程也因此而简单、省时。图形演示通常用 GRAFCET DIN EN 60848。

顺序控制包含：

- 工作模式组件
- 步骤
- 动作
- 信号组件

控制器的初始状态为初始步骤 1。从一个步骤②到下一步骤③的步进取决于许可条件(过渡)④。输入信号、定时器以及计数器被接至继电器的基本功能，成为许可条件。许可条件可以用图形表示，但是用布尔表达式更好。转换名可以表示于转换的左侧，必须置于圆括号中。

每一步都触发一个命令(动作)⑤。动作的类型由图 5-6 简要说明。

转换和动作可以在右侧予以说明。而转换的名称必须放在引号中。

如：

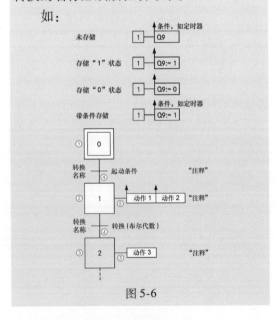

图 5-6

### 5.3.2 软件编程(见表 5-4)

表 5-4 软件编程

| 步 序 | 功 能 图 |
|---|---|
| **1：工作模式**<br><br>　　自动模式由辅助标志 M21 予以标识。辅助标志使程序清晰易懂。它们总是与 RS 元件结合使用。因此标志 M21 由起动按钮置位，由停止按钮或复位按钮予以复位。除此之外，自动模式在故障时复位。<br><br>　　故障标志 M22 由起动按钮置位，由停止按钮复位。如果某一步的条件没有满足，则机器处于故障状态。 | |
| **1.1：起动/停止/复位**<br><br>　　自动模式的基本电路可以照搬到此处。 | |
| **1.2：故障**<br><br>　　对象 1.2 与基本电路中的"故障"部分有相同的功能。<br><br>　　必要时可以更改步骤标志，以适合相应的步进条件。<br><br>　　定时器 B014 监控某一步骤被使能的时间。如果在 30s 内该步骤没有出现任何变化，则触发故障信息。 | |
| **2：步序**<br><br>　　如果前一步(x-1)，自动模式为"1"，并且本步的步进条件也为"1"，则基本对象"步标志"被置位。<br><br>　　步标志由接下来的一步(x+1)复位。 | |
| 　　基本电路"第一步"同样由前一步置位，并由后一步复位。除此之外，该标志还在电源恢复时由起动标志 M8 复位。 | |

（续）

| 步　序 | 功　能　图 |
|---|---|
| **2.1：步序 1**<br><br>　　对象 2.1 与基本电路"第一步"具有相同的功能。必要时可调整步进条件及标志。 | |
| **2.2：步序 2**<br><br>　　对象 2.2 与基本电路"步标志"具有相同的功能。必要时可调整复位输入信号、步进条件及标志。<br><br>　　辅助标志 20"基本设定"被额外引入。对象 1.2 有此需求。 | |
| **2.3：步序 3**<br><br>　　对象 2.3 与基本电路"步标志"具有相同的功能。必要时可调整复位输入信号、步进条件及标志。 | |
| **2.4：步序 4**<br><br>　　对象 2.4 与基本电路"步标志"具有相同的功能。必要时可调整复位输入信号、步进条件及标志。 | |
| **2.5：步序 5**<br><br>　　对象 2.5 与基本电路"步标志"具有相同的功能。必要时可调整复位输入信号、步进条件及标志。 | |
| **3：动作**<br><br>　　带有步标志①的基本对象连接到一个输出点②。电路由或逻辑③进行扩展，因此几个步序可以控制同一个输出点。除此之外，该对象还引入了输出互锁④。该电路的目的在于在误操作或设备故障时保护人员及机器。 | |

（续）

| 步　序 | 功　能　图 |
|---|---|
| 3.1：气缸 1A<br><br>　　从基本对象开始，输出点 Q1 被直接连接到步标志 2。步标志 5 和安全互锁信号（气缸 3A，尾部 B6）相与后连接到 Q2。 | 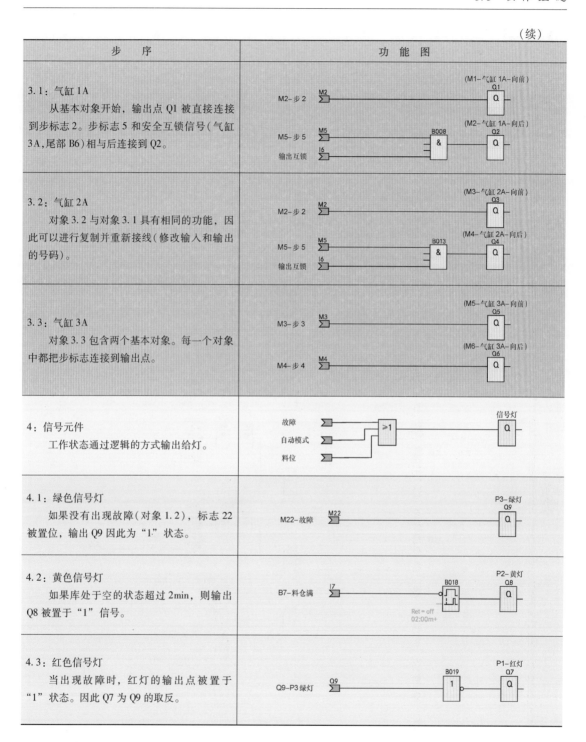 |
| 3.2：气缸 2A<br><br>　　对象 3.2 与对象 3.1 具有相同的功能，因此可以进行复制并重新接线（修改输入和输出的号码）。 | |
| 3.3：气缸 3A<br><br>　　对象 3.3 包含两个基本对象。每一个对象中都把步标志连接到输出点。 | |
| 4：信号元件<br><br>　　工作状态通过逻辑的方式输出给灯。 | |
| 4.1：绿色信号灯<br><br>　　如果没有出现故障（对象 1.2），标志 22 被置位，输出 Q9 因此为"1"状态。 | |
| 4.2：黄色信号灯<br><br>　　如果库处于空的状态超过 2min，则输出 Q8 被置于"1"信号。 | |
| 4.3：红色信号灯<br><br>　　当出现故障时，红灯的输出点被置于"1"状态。因此 Q7 为 Q9 的取反。 | |

## 5.3.3　整体步序控制程序（见图 5-7）

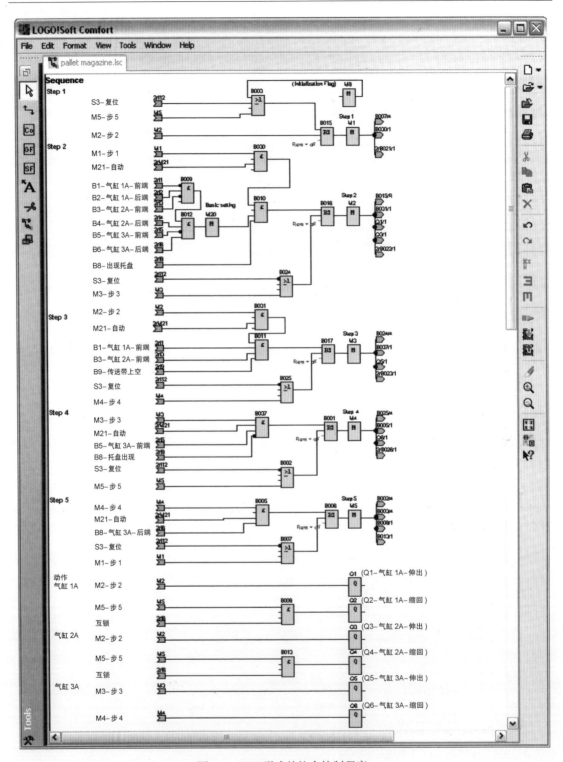

图 5-7  FBD 形式的粮仓控制程序

# 6 带有 AS-i 接口的生产线

## 6.1 任务描述

带有分布式装配、测试和分类站点的生产线需要连接到主控制器上。在项目的第一阶段，只有测试站要连接到中心控制器上。

测试站的状态信号传输到主控制器(S7-200)，这些信号通过信号灯显示如下这些无故障信息：

- 红灯→设备处于停止状态；
- 黄灯→设备运行，故障源为高电平；
- 绿灯→设备运行。

除此之外，设备由主控制器起动和停止。

**功能描述**

设备(见图6-1)通过按钮 S1 和 S2 由中央控制器起动和停止。按钮信息在后面以二进制的形式通过如下装置进行处理：

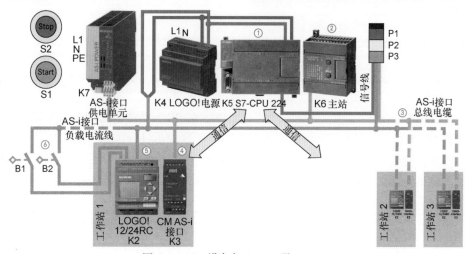

图6-1 AS-i 设备与 S7-200 及 LOGO!

- S7-200(K5)①并通过以下的某一装置传送；
- AS-i 接口 CP243-2(K6)②；
- AS-i 电缆③；
- AS-i 模块 LOGO! CM AS-i(K3)④；
- 控制器(K2)⑤。

信号接下来可以由 LOGO! 中的软件予以处理。

传感器 B1 及 B2⑥检测故障组件，并将检测信息传输给 LOGO!(K2)。评估工作通过软件使用两个计数器实现，如图 6-2 所示。

如果第一个计数器达到了值 3，则会通

过 AS-i 总线向 S7-200(K7)传送一个二进制

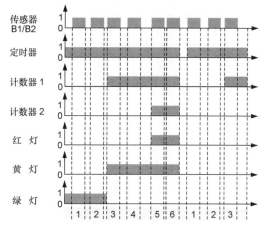

图6-2 信号/时间图

53

信号。S7-200 的软件对信号进行处理，并触发黄灯。如果第二个计数器达到了值 5，系统会停止，并且会触发红灯。如果测试站工作没有问题（计数器值小于 3），则绿灯被触发。设备列表见表 6-1。

表 6-1 设备列表

| 对象 | 对称 | S7-200 | LOGO! |
|---|---|---|---|
| 现有组件： | | | |
| LOGO! Power 24V 1.3A | K1 | | |
| LOGO! 12/24V RC | K2 | | |
| 电感式接近传感器 | B1 | | X |
| 电容式接近传感器 | B2 | | X |
| 其他组件： | | | |
| LOGO! CM AS-i | K3 | | |
| LOGO! Power 24V 1.3A | K4 | | |
| S7-CPU 224 | K5 | | |
| CP243-2（ASI 主站） | K6 | | |
| AS-接口供电单元 30V 2.4A | K7 | | |
| 起动按钮 | S1 | X | |
| 停止按钮 | S2 | X | |
| 红色信号灯 | P1 | X | |
| 黄色信号灯 | P2 | X | |
| 绿色信号灯 | P3 | X | |

## 6.2 硬件组态

### 其他硬件的选用

现代机器、设备需要交换各种各样的信息。在当前的生产设备中，执行机构/传感器接口（AS-i）被用来做底层控制级，即现场区域信息的传递以及供电。EN 50295 定义了用于低电压开关设备-控制及装置接口系统-AS-i 的技术规范及传输协议。

### 1. AS-i 从站 LOGO! CM AS-i

测试站的 LOGO! 12/24V RC 配有 CM AS-i 通信模块。该扩展模块有 4 个虚拟输入和 4 个虚拟输出，并且在此应用中它们占据 LOGO! 控制器的数字量输入点 I9～I12 以及数字量输出点 Q5～Q8。该模块作为 LOGO! 控制器和主控制器之间的 AS-i 接口。

LOGO! 可以仅被用来做从站使用。AS-i 从站为被动型站点，仅仅在主站访问时才应答。数据不能直接在两个 LOGO! 之间交换，只能通过 AS-i 接口实现交换。

### 2. AS-i 主站 CP 243-2

CP243-2 通信模块作为主站，而且起到 AS-i 网络中心的作用。该模块以严格定义的时间间隔扫描网络中所有站的数据（主/从原理），并且通过内部总线连接到 PLC 上。

### 3. S7-200

所用的 PLC 为配有 CPU224 的 S7-200。通过预留的数据存储区域，该 PLC 按照周期由 AS-i 主站收、发数据。

### 4. AS-i 供电单元

AS-i 供电单元提供 DC 30V 的电压。

### 5. AS-i 电缆

传输介质为黄色，非屏蔽的双绞电缆（$2 \times 1.5 mm^2$），该电缆用于数据传输以及最大 2A 的供电。由于电压降的原因，电缆的长度被限定为 100m。带有 IP65 或 IP67 防护的坚固设计保证了 AS-i 接口可以工作在恶劣的环境下。

### 6. 用于辅助电压的供电单元

附加的 LOGO! 24V 1.3A 供电单元给 LOGO! 12/24 V RC、S7-200 及执行装置（灯）供电。

### 7. 网络拓扑

线性、星形或树形拓扑结构的电气安装使系统的柔性设计成为可能。

### 8. 成本

AS-i 接口可以将传感器和执行机构以极低的成本集成到工业通信中。传感器与控制器之间大量的连线被省去，而端子板以及 I/O 卡的省略使成本得到了进一步的减少。

### 9. 扩展选项

AS-i 总线允许挂接 31 个 AS-i 站（2.0版）。每个站有 4 位 I/O 用户数据行规。这使得每个主站最多可以带 124 个传感器或执行器。更新的 2.1 版本允许有 62 个 AS-i 接口从站。AS-i 从站模块（有内置 AS-i 接口的传感器/执行器）可以直接集成到系统中，或者说传感器和执行器可以通过耦合模块连接到总线上。

S7-200 CPU 224 可以通过通信模块连接到其他总线系统上，比如通过 Profibus 连到 S7-300 或通过以太网连到个人电脑。

## 6.3 硬件和软件组态

连接的 AS-i 站点必须做如下组态：

### 1. LOGO! CM AS-i 的编址

在对 AS-i 系统进行操作之前，每个从站必须分配一个有效的地址（介于 1～31 之间）。出厂时，该地址被置为"0"。

通过如下方式编址：

- 直接在从站上使用编址器，如图 6-3 所示；
- 通过 AS-i 电缆；

图 6-3　编址器

- 使用 Step 7-Micro/WIN 软件中的 AS-i 向导。

当使用向导时，AS-i 系统必须安装完整，接好线并且上电（见第 2 章）。进一步讲，必须已经建立 Step 7-Micro/WIN 软件与 S7-200 的通信。

| 步 | 在 Step 7 中编址 LOGO! CM AS-i |
|---|---|
| 1：调用向导<br><br>启动 Step 7-Micro/WIN 软件之后，AS-i 向导通过 Extra Wizard 菜单命令①，或通过打开操作树②启动。 | 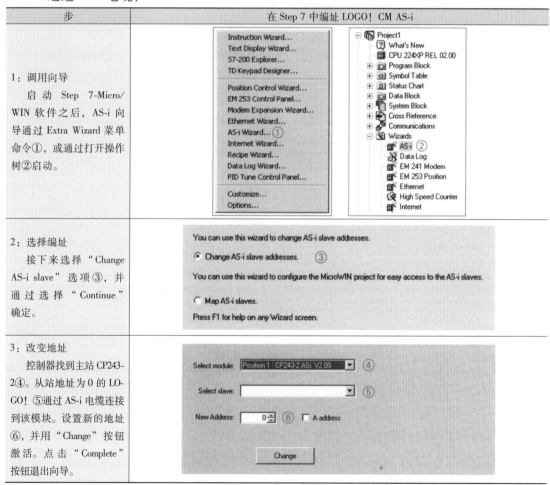 |
| 2：选择编址<br><br>接下来选择"Change AS-i slave"选项③，并通过选择"Continue"确定。 | |
| 3：改变地址<br><br>控制器找到主站 CP243-2④。从站地址为 0 的 LOGO! ⑤通过 AS-i 电缆连接到该模块。设置新的地址⑥，并用"Change"按钮激活。点击"Complete"按钮退出向导。 | |

## 2. 对 AS-i 从站地址表进行组态

AS-i 向导定义 PLC 中不同存储器的地址，并通过软件将其与从站的输入、输出进行连接。象征性的符号地址寻址也同时进行。

| 步 | 组态 CP243-2，定义 PLC 的变量范围 |
|---|---|
| 1：项目组态<br><br>　　启动向导。然后选择"Map AS-i slaves（AS-i 地址表）"选项①，由"Continue"确定。 | You can use this wizard to change AS-i slave addresses.<br><br>○ Change AS-i slave addresses.<br><br>You can use this wizard to configure the MicroWIN project for easy access to the AS-i slaves.<br><br>◉ Map AS-i slaves. ①<br><br>Press F1 for help on any Wizard screen. |
| 2：读取模块<br><br>　　在线模式下，所有连接到系统的模块都可以用该按钮读出。点击"Read modules（读取模块）"按钮②后，PLC 在模块位置0③显示检测到的 CP243-2 模块。点击"Continue"进到下一步。 | Module Position<br><br>[ 0 ]　　Read Modules　②<br><br>Position │ Module ID<br>③<br> |
| 3：地址偏移<br><br>　　在线模式下，LOGO! CM AS-i 模块地址的偏移被自动装入。这块区域被去活，并且不能改动。点击"Continue"进到下一步。 | ④ IB [ 2 ] Offset of the digital input byte (status byte)<br>④ QB [ 2 ] Offset of the digital output byte (control byte)<br>AIW [ 0 ] Offset of the analog input area<br>AQW [ 0 ] Offset of the analog output area |
| 4：从站类型<br><br>　　在线模式下，自动检测到数字型标准从站。点击"Continue"进到下一步。 | ☑ Standard digital slaves ⑤<br>☐ Digital slaves with extended addressing mode (A-Slaves)<br>☐ Digital slaves with extended addressing mode (B-Slaves)<br>☐ Analog Slaves, Profile 7.3/7.4 |
| 5：连接的从站<br><br>　　在线模式下，表中的内容⑥表示 LOGO! CM AS-i 模块的组态。模块有 4 个虚拟输入和 4 个虚拟输出，它们的选定地址为 1。不要改动推荐的组态。点击"Continue"进到最后一步。 | Address: │ Slave #1 ⑥ │ Slave #2 │ Slave #3<br>I/O-Configuration: │ 4I/0Q (St 0Hex)<br>Symbol Input 1: │ DI01_1<br>Symbol Input 2: │ DI01_2<br>Symbol Input 3: │ DI01_3<br>Symbol Input 4: │ DI01_4<br>Symbol Output 1:<br>Symbol Output 2:<br>Symbol Output 3:<br>Symbol Output 4: |
| 6：存储器区域<br><br>　　S7-200 的一块内部变量区必须分配给符号地址。可以使用推荐的范围 VB0 ～ VB32。至此，点击"Continue"和"Exit"按钮完成全部向导过程。 | The wizard can suggest an address that represents an unused block of V-memory of the correct size.<br><br>[ Suggest Address ]<br><br>[ VB0 ] through VB32 |

## 6.4 软件组态

**LOGO!控制器**

传感器 B1、B2 被接入 LOGO!控制器并使用输入点 I1 和 I2。

LOGO!CM AS-i 模块带有 4 个输入和 4 个输出。输入点 I9 和 I10 用来在启动/停止按钮和 LOGO!控制器之间交换信息，如图 6-4 所示。输出点 Q5 和 Q7 用来触发信号灯。输入点 I11、I12 和输出点 Q8 作为以后的备用。

在对整个系统进行调试之前，LOGO!软件需要通过仿真进行测试。

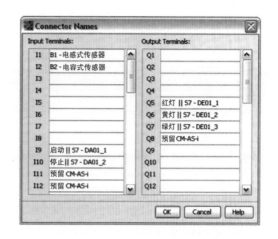

图 6-4 LOGO!控制器连接名

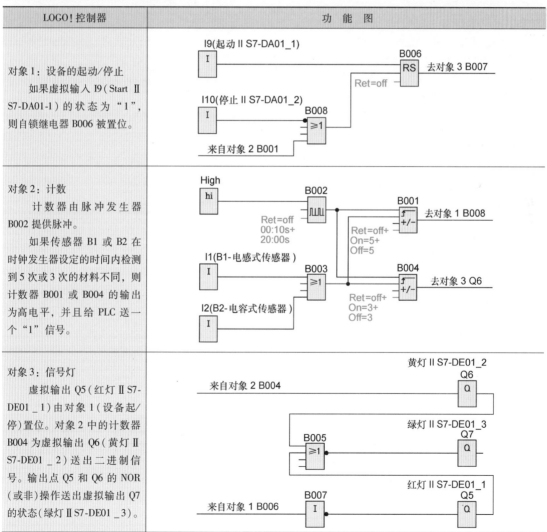

| LOGO!控制器 | 功 能 图 |
|---|---|
| 对象 1：设备的起动/停止<br><br>如果虚拟输入 I9（Start Ⅱ S7-DA01-1）的状态为"1"，则自锁继电器 B006 被置位。 | |
| 对象 2：计数<br><br>计数器由脉冲发生器 B002 提供脉冲。<br><br>如果传感器 B1 或 B2 在时钟发生器设定的时间内检测到 5 次或 3 次的材料不同，则计数器 B001 或 B004 的输出为高电平，并且给 PLC 送一个"1"信号。 | |
| 对象 3：信号灯<br><br>虚拟输出 Q5（红灯Ⅱ S7-DE01_1）由对象 1（设备起/停）置位。对象 2 中的计数器 B004 为虚拟输出 Q6（黄灯Ⅱ S7-DE01_2）送出二进制信号。输出点 Q5 和 Q6 的 NOR（或非）操作送出虚拟输出 Q7 的状态（绿灯Ⅱ S7-DE01_3）。 | |

见表 6-2，按钮 S1、S2 被连接至 S7-200，并使用输入点 I0.1 和 I0.2。输出点 Q0.1～Q0.3 用来连接信号灯（红、黄、绿）。

变量存储单元 DA01_1～DA01_4 被保留用作 PLC 和 LOGO! 控制器之间的通信，而变量存储单元 DE01_1～DE01_4 被用作反方向。

表 6-2　S7-200 符号表

| S1_Start | I0.1 | 设备起动 | DE01_3 | V0.2 | 绿灯 Ⅱ LOGO!-Q7 |
|---|---|---|---|---|---|
| S2_Stop | I0.2 | 设备停止 | DE01_4 | V0.3 | 保留 CP243-2 |
| P1_Red_Lamp | Q0.1 | 红灯 | DA01_1 | V16.0 | 起动 Ⅱ LOGO!-I9 |
| P2_Yellow_Lamp | Q0.2 | 黄灯 | DA01_2 | V16.1 | 停止 Ⅱ LOGO!-I10 |
| P3_Green_Lamp | Q0.3 | 绿灯 | DA01_3 | V16.2 | 保留 CP243-2 |
| DE01_1 | V0.0 | 红灯 Ⅱ LOGO!-Q5 | DA01_4 | V16.3 | 保留 CP243-2 |
| DE01_2 | V0.1 | 黄灯 Ⅱ LOGO!-Q6 | | | |

| S7-200 | 功　能　图 |
|---|---|
| **对象 1：起动通信**<br>　　子程序 ASIO_CTRL 由 "1" 标志周期性地调用。ASIO_CTRL 操作在 CM AS-i 和通信模块 CP234-2 以及变量存储器（DE0x_x 和 DA0x_x）之间复制数据。<br>　　在以后的组态阶段，AS-i 模块的错误代码可以通过变量存储器的参数 AS_i_Error 予以读取并处理。 | Network 1<br>ASIO_CTRL<br>One_Flag — EN<br>　　　　Error — AS_i_Error |
| **对象 2.1：设备起动**<br>　　起动按钮的二进制信号被分配给变量存储器 DA01_1。 | Network 2<br>DA01_1<br>S1_Start — [ = ] |
| **对象 2.2：设备停止**<br>　　停止按钮的二进制信号被分配给变量存储器 DA01_1。 | Network 3<br>DA01_2<br>S2_stop — [ = ] |
| **对象 3.1：红灯**<br>　　变量存储器 DE01_1 的二进制值被分配给输出 P1_Lamp_Red。 | Network 4<br>P1_Red_Lamp<br>DE01_1 — [ = ] |
| **对象 3.2：黄灯**<br>　　变量存储器 DE01_2 的二进制值被分配给输出 P1_Lamp_Yellow。 | Network 5<br>P2_Yellow_Lamp<br>DE01_2 — [ = ] |
| **对象 3.3：绿灯**<br>　　变量存储器 DE01_3 的二进制值被分配给输出 P1_Lamp_Green。 | Network 6<br>P3_Green_Lamp<br>DE01_3 — [ = ] |

# 7 软件项目

## 7.1 带有 Pt100 的高压釜

### 7.1.1 任务及功能描述

在染料生产的过程中，两种液体必须在至少 2bar 的压力和 119℃ ±1℃ 的温度下混合在一起如图 7-1 所示。操作员手动向釜内加入两种原料然后将门关闭。按动按钮 S1 后，压缩空气阀 M2 打开，直到压力达到预定值。位于高压釜底部的加热器 E1 通电。在整个过程中，混合器由电动机 M1（$P_N$ = 3kW，$U_N$ = 400V）驱动。15min 后达到温度设定点，混合过程结束。所有对象关闭，信号灯 P1（表示过程结束）亮起。当过程再次起动时，信号灯熄灭。

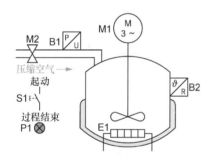

图 7-1  流程示意图

! 注意：为了简化说明，在以下描述中省略了保护单元。

### 7.1.2  硬件组态

输出信号为 0～10V 的模拟量传感器被用来测量压力，而 Pt100 传感器被用来测量温度。

由于传感器的工作电压为 $U$ = 24V，因此适合使用 LOGO！12/24RC（见第 8.2 节）。模拟量压力可以直接接入输入点 I7 或 I8。由于只有 4 个对象需要开关，因而现有的输出点数量足够。用户可以由输入按键以及显示通过软件修改开启和关闭的限值。

为了读取 Pt100 的温度信息，需要一个 LOGO！AM2 PT100 模块。基本装置以及模块可以由同一个 24V 电源供电。

**接线图**

由于 LOGO！12/24RC 和模块都要求 24V 供电，因此使用了一个供电单元，如图 7-2 所示中①。该 24V 电源也用于两个模拟量传感器 B1 和 B2②以及起动按钮 S1③。

为了保证 LOGO！控制器有小的负载（工作寿命及开关能力见第 8.2.2.2 节），电动机 M1 由主接触器 Q2 控制，而加热器 E1 由主接触器 Q3 控制。只有阀线圈 M2 以及信号灯 P1 被直接连到 LOGO！控制器上。230V 的供电电压可以直接在输出侧使用④。

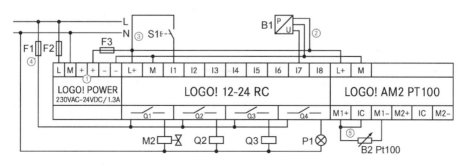

图 7-2  接线图

由于在 Pt100 和模块之间使用了短接线，传感器用双绞电缆连接。在这种情况下，在端子 M1 + 和 IC 之间必须连接跳线⑤。

根据输出端的电流大小，熔断器 F1④的规格为 10A。由于 LOGO! 控制器和传感器的电流消耗很小，熔断器 F3 的规格可以是 250mA。熔断器 F2 的规格为 200mA，与电源的供电能力相符。

### 7.1.3 软件组态

压力传感器连接到 LOGO! 12/24RC 的端子 I7。因为传感器提供的是模拟量信号，在程序中以 AI1 处理如图 7-3 所示。

图 7-3 分配表

AM2 PT100 模块有两路可以用于 Pt100 传感器的模拟量输入。他们的号码接续前一个。第一个输入点（本处使用）因此为模拟量输入点 AI3。输出点与连接图（见图 7-2）对应。

**1. 程序描述**

工作过程通过按动起动按钮 S1 起动。这会将自锁继电器 B001 置位。B001 的输出信号由非门 B003 取反，从而会在工作阶段关闭信号灯 P1。

**2. 达到压力设定点**

模拟量阈值开关 B004 设定的参数为：等输入点的电压为 0V 或大于 0V 时，其输出为 "1" 状态。如果 B001 置位，电磁阀 M2 会立即上电，因为与门 B007 的输入为 "1"。由于这样会导致釜内的压力升高，因此输入

点 AI1 的电压也会升高。等压力达到 2bar 时，压力传感器 B1 的输出电压为 8.5V。此时（关闭参数），模拟量阈值开关 B004 必须关闭。

**3. 达到及保持设定点温度**

两个阈值开关 B005 和 B006 的块属性中，必须选定 "PT100" 作为传感器。这时信号会在 LOGO! 控制器中直接翻译为温度值，并进行处理。由于只能处理整数温度值，因此分辨率可以选为 1℃。

模拟量差值阈值开关 B006 被赋予参数值 119℃，因此只有当达到该温度时，它才输出 "1" 信号。根据加热器的控制要求，该信号被取反。当处理过程处于非活动状态，则与门 B008 的输出会阻止输出点 Q3。

由于在过程开始时 B006 为 "0" 状态，取反的结果使加热器工作，直到设定的温度值 119℃ 已经被超越并且 B006 关闭。釜的温度开始下降，当温度低于参数设定的底限 $\Delta$（119℃ +（ -1℃ ）= 118℃）时，加热器再次起动。因此温度保持恒定在 119℃ ±1℃。

当第一次达到设定温度 15min 后，处理过程应该结束。为达到此目的，阈值开关 B005 参数的开启值被赋为 118℃，因此当温度超过该值时，给接通延时块 B002 提供了

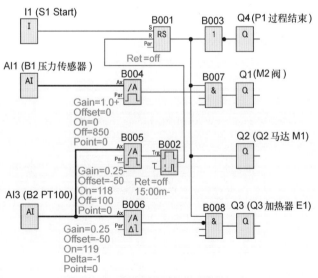

图 7-4 高压釜控制电路

"1"状态。由于 B005 的关闭参数为 100℃，低于温度的变化，因此处于被超越状态，接通延时块 B002 上的"1"状态被保持。当 B002 的输出转换时，自锁继电器 B001 复位，处理过程结束。

## 7.2 带 EIB 电铃控制

### 7.2.1 任务及功能描述

Werner-von-Siemens 学校的电铃由控制继电器控制。周一至周五电铃应该在 8:00 上学时和 14:45 放学时响 3s。另外，课间（9:30~9:45,11:15~11:30,13:00~13:15）也需要响铃。

校长和门卫应该能够在他们的屋内用带有信号灯的按钮起动校铃系统。学校为此设有 EIB 系统（欧洲安装总线）。

在节假日，校铃应该不工作。门卫应该能够更改节假日的时间设定。

### 7.2.2 硬件组态

因为 LOGO! 12/24RC 带有显示和时钟（见第 8.2 节），因此选择它来控制校铃。另外选用 LOGO! CM EIB/KNX 扩展模块。该模块接口允许 LOGO! 控制器通过 EIB 与按钮和信号灯通信。

**接线图**

校长室和门卫室的按钮 S1 及 S2 像与之对应的信号灯 P1 及 P2 一样连接到 EIB，如图 7-5 所示。信号灯由执行器 Q2 及 Q3 控制。EIB 连接到通信模块的 + 和 − 端子①（注意极性要正确）。校铃由控制器的输出 Q1 直接控制。

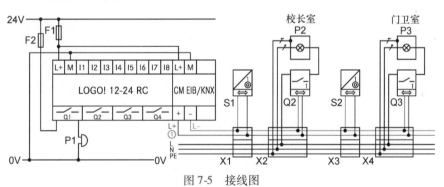

图 7-5 接线图

### 7.2.3 软件组态

CM EIB/KNX 允许与 EIB 进行通信，并且具有最多 16 个虚拟数字量输入和 12 个虚拟数字量输出。这些都被赋予接续实际输入和输出的号码。按钮信号可以由虚拟输入 I9 和 I10（见图 7-6）读入，因为这两个点是虚拟输入的前两个。

如果 LOGO! 控制器控制虚拟输出 Q5 和 Q6，则信号灯 P2 和 P3 可以通过 EIB 控制。

输入和输出可以使用 EIB 软件 ETS 在 EIB 系统中定义。

图 7-6 连接表

**程序描述**

校铃可以在任何时候由按钮 S1 或 S2 启动，如图 7-7 所示。

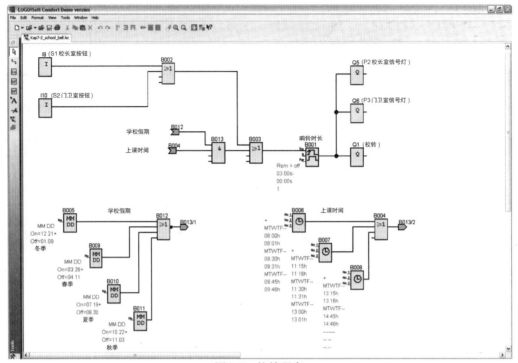

图 7-7　校铃程序

周（一星期）时间开关 B006 ~ B008 可在任何想要的时间动作 1min，比如输入 8:00 作为启动时间，8:01 作为停止时间。

为了减少响铃时长到 3s，周时间开关的动作时间由边缘触发间隔延时继电器 B001 限定。

年时间开关 B005、B009 ~ B011 用来定义假期。如果这些时间开关中的一个被激活，则与门 B013 由或非门 B012 封锁，因此在假期期间不会响铃。

由于假期时间可变，因此块属性"Protection"不能激活。

何谓 EIB？

在传统的安装工程中，要有固定的走线，如屋顶灯到相关开关的走线。而且两个物体之间的连接是固定的。在房屋设备中，已经使用标准的欧洲安装总线（EIB）的总线系统替换了固定的接线。在实施中，需要有两条线的总线电缆以及与之相连接的总线元件（按钮、开关、传感器、执行器等）。线形及星形拓扑结构均可以使用。

如果设备需要由 230V 电压驱动，那么必须使用连接到"正常"电路的开关执行器。

总线使用 24V 电压，并且可以靠近 230V 电缆布线。在分线箱中必须保证两个电路之间有 4mm 的距离。这一安装突出了其柔性的优点。系统可以用 ETS 软件按要求编程。

总线上的每一个设备被分配以固定的地址，通过地址设备可以被系统予以识别。编程人员可以决定哪个开关控制哪个灯、插座或遮阳帘。这种柔性对于办公室应用很有优势，因为改变室内设备的应用可以非常容易地实现。

由于设备间的网络在不断增长，因此总线系统在电气安装中的应用同样在不断增长。例如，报警系统可以在有警报的情况下点亮所有房间的灯，或者在人离开房间时关闭所有的灯，可控制遮阳帘运动到预定的位置，并且控制暖器系统。每台总线上的设备的功能也是多种多样的，过道上的移动监测装置要开启灯光还是启动警报系统，取决于程序。

如果 LOGO! 控制器要将 EIB 系统作为一个站集成进来，则需要在 ETS 软件中另外装入 EIB 应用。这将允许 LOGO! 控制器与 EIB 的特定通信。

## 7.3 贴标机中的模拟量处理

### 7.3.1 任务及功能描述

在货仓的发货部门，完整的包裹需要自动加上标签。包裹放在 1m 长的传送带上，传送带与处理过程及下一级传送带具有相同的速度，如图 7-8 所示。这一速度对于贴标来说太快，因此在包裹距该段传送带终点 78cm 时，需要将速度降至一个可调值。当包裹距终点 20cm 时，需要加速。

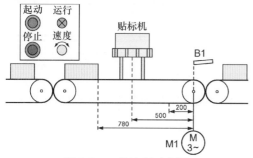

图 7-8　工作流程示意图

贴标过程由一台单独的机器完成，该机器由包裹通过传送带中心时产生的"1"脉冲(1s)起动。操作面板需要配置起动和停止按钮(S1/S2)。贴标过程中，带速应该可以通过电位器(R1)调节。设备的运行由指示灯 P1 指示。

### 7.3.2 硬件组态

由于包裹的形状不同，因此采用超声波传感器 B1(输出频率为 40～400Hz，探测范围为 1m，见第 8.1.3.9 节)探测包裹的位置。电位器 R1 也会产生一个电压模拟量信号。因此，使用 LOGO! 12/24RC 很有意义，因为它有两路可以读取 0～10V 模拟量的输入点。

悬浮输出可以使信号灯以及贴标机直接连接到控制器。

带驱动电动机 M1 由变频器(FC)控制。为了实现带速的准确控制，变频器由模拟量信号(0～10V)控制。因此需要安装 AM2 AQ 扩展模块(见第 8.2.2.2 节)。

变频器编程：当变频器输入端的电压为 10V 时，带速与前、后两级的速度相同；当电压为 0V 时，带速为 0。

**接线图**

图 7-9 所示为系统的接线图。根据安全规范，起动按钮 S1 使用常开(NO)触点，停止按钮使用常闭(NC)触点。因此当开路时，电路不能自动起动，或者说电路会自动关闭①。熔断器 F1、F2 及 F3 可以在出现接地故障时保护设备。

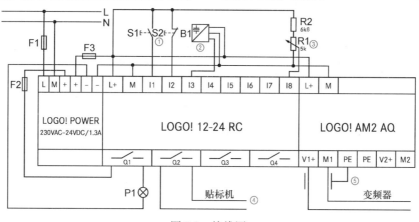

图 7-9　接线图

超声波传感器 B1 由 24V 电源供电，并连接到 I3，因为快速信号可以在此处处理（参见第 8.2.2.1 节→快速输入）②。

模拟量设定点由电位器 R1 = 5kΩ③输入。由于 LOGO! 控制器需要由 24V 电源供电，所以要获得 0~10V 的信号，需要串联一个 6.8kΩ 的电阻 R2。通过该电阻的分压，电压范围可以限制在所需的范围内。

贴标机由悬浮输出 Q2④控制。当该点接通时，单独的机器会被起动。接通时长（1s）的限定由软件设定。

模拟量输出 AQ1 和变频器之间的电缆必须是屏蔽的，以防止信号被变频器中的高频振荡或被其他信号干扰。屏蔽要连接到 PE 端⑤。

### 7.3.3 软件组态

模拟量值在 LOGO! 控制器中处理，而且可能会在操作中更改。因为电位器调定的设定值容易改变，这个值需要输出到 LOGO! 控制器的显示上。图 7-10 所示为贴标机的功能图。

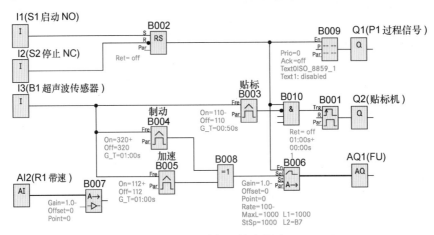

图 7-10　贴标机的功能图

此外，需要允许用户利用调整电位器来使传送带加速或制动。与此相关的块（B004 和 B005）不能处于保护状态。

**程序描述**

按动 S1（B002 置位）可以启动系统。这将接通输出点 Q1 上的指示灯 P1，并且通过输入点 En 使斜坡函数发生器 B006 启动。斜坡函数发生器的参数定义为：它自动输出模拟值 1000（10V），当输入点 Sel 上出现"1"信号时，降低到可调设定点。要达到该目的，固定值 1000 被作为电平 1 输入，而模拟量放大器 B007 输出值的参考值被设置为电平 2。这点非常必要，因为不可能设置模拟量输入的参考值。

贴标的开关点以及制动和加速点均由频率阈值开关 B003、B004 和 B005 定义。由于当传送带上没有包裹时，超声波传感器的输出信号为 400Hz，其参数必须依此设定。当距离为 0cm 时，40Hz 的信号会出现在快速输入端 I3 上，由此可以很容易地计算出开始制动过程的频率为 321Hz（＝78cm），加速的频率为 112Hz（＝20cm）。

如果包裹位于传送带的中央，则阈值开关 B003（接通阈值＝关断阈值＝110，门限时间＝0.5s）在系统激活的情况下（与门 B010 的条件满足）使能输出 Q2。开始时，B003 为"1"状态，当包裹位于传送带的中央时变为"0"状态。因此 B003 的输出信号需要在 B010 的输入点取反。

信息文本 B009 指示的是当前 AQ1 的输

出值以及设定点。为此，AQ1 的相应输出值 Aq 以及模拟量放大器 B007 的输出 Ax 被输入到信息文本的块属性窗口。

需要注意的是，对于模拟量的输出，只有 0～1000 之间的值能被转换为 0～10V 的电压。因此斜坡函数发生器需要据此定义。

## 7.4 带 PI 控制器的温室

### 7.4.1 任务及功能描述

Planta 公司计划搭建一个由微型可编程序控制器控制的、小型的、全自动化的温室，如图 7-11 所示。

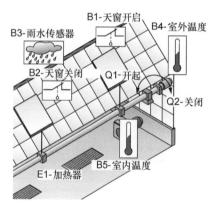

图 7-11 温室

在白天(8:00～20:00)，温室每隔 2h 由天窗通风 15min。在下雨及室外温度低于 15℃ 时，天窗保持关闭。另外，由附加的电加热器来保证温室内的温度不低于 15℃。室内及室外的温度值被显示到一个显示器上。

！注意：为简化描述，保护装置被忽略。

### 7.4.2 硬件组态

天气情况(见图 7-11)由数字化雨水传感器 B3 和模拟量温度传感器 B4 探测。温室的室内温度由模拟量传感器 B5 测量。温度传感器为 Pt100(参见第 8.1.3.10 节)。天窗由电动机 Q1 开起，由电动机 Q2 关闭。数字信息"天窗开启"B1 和"天窗关闭"B2 由两个端点开关提供。

LOGO! 24RC 适合作为微型可编程序控制器。该款 LOGO! 控制器的基本型带有显示功能，并且只有数字量的输入和输出点。每一个输出点继电器的负载电流可以达到 10A。温度测量通过使用模拟量模块 AM2 PT100 实现(参见第 8.2.2.2 节)，而电加热器的模拟量控制元件通过 AM2 AQ 控制。

**接线图**

LOGO! 控制器电源(见图 7-12)为每个模块及传感器提供 24V 电源。为保护 LOGO! 控制器电源(参见第 7.1.1 节)，串联了一个 200mA 的熔断器 F2⑩。在传感器电路中，250mA 的熔断器 F3⑪用来提供保护。熔断器 F1⑨的电流规格为 10A，是根据输出继电器的电流负载能力确定的。

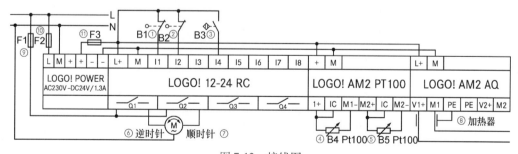

图 7-12 接线图

端点开关 B1①和 B2②设计为 NC 触点，可以在出现断路时保护电路(参见第 4.2.2 节)。此外，该版本的温室带有雨水传感器 B3 ③，其组态为 NO 触点。鉴于模块与 Pt100 传感器 B4④和 B5⑤之间的长距离，本系统使用了三线电缆系统。因此使传感器电缆电阻引起的误差达到最小。

通风窗由小型 AC 电动机控制。该电动机可以直接连接到控制器的继电器的输出点 Q1（开启天窗—逆时针方向）⑥和 Q2（关闭天窗—顺时针方向）⑦（参见第 8.2.2.1 节）。

模拟量扩展模块 AM2 AQ 直接连接到加热器⑧的控制元件上，并且有 0～10V 的电压对其进行控制。电缆应该有屏蔽，以防止外界的影响干扰模拟量信号。

### 7.4.3 软件组态

在分析系统时，整个系统可以分为 3 个对象（参见第 4.3.1 节）：

对象 1：温室内的温度控制；

对象 2：天窗的控制；

对象 3：温度的文本显示。

**对象 1：温室内的温度控制**

首先必须将 PI 控制器（见图 7-13）置为自动模式。为此，将常数"hi"连接到 PI 控制器的输入点 AM 上，用来测量室内温度的模拟量输入 B5 连接到输入点 PV（受控变量）。PI 控制器使室内的温度与设定温度之间的温差为最小，并且通过模拟量输出 AQ1（受操纵变量）控制加热器。

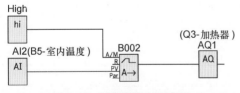

图 7-13　加热器控制程序段

一旦控制环定义完成，就可以给控制器输入参数了，如图 7-14 所示。选定 PT100 作为传感器类型①。它用来测量以摄氏度②为单位，以 1 为分辨率③的测量温度。根据用户提供的信息，设定点④为 15℃。

PI 控制器的控制参数⑤可以依据用户的要求定义或使用预定的参数设定。在线帮

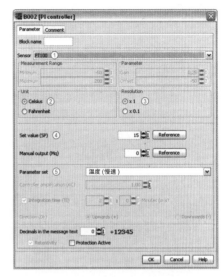

图 7-14　PI 控制器的块属性

助建议：对于加热器，选择参数"温度（慢速）"。这样可以避免快速的变化和频繁的控制动作。

进一步的信息可以通过关键词"控制基础知识"和"控制器基础知识"在在线帮助中找到。

**对象 2：天窗的控制**

输出点 Q1 和 Q2 为软件互锁（参见第 3.2.2 节），而且"天窗关闭"具有优先权。此外，如果 I1 和 I2 有一个"1"信号，则输出点也只能有一个"1"信号。输入点 I4，处于夜间模式的周定时开关 B009 以及模拟量输入点 AI1 直接控制 Q2。总之，模拟量传感器的信号都首先由阈值开关处理。

模拟量阈值开关所赋的参数与 PI 控制器相似。如图 7-15 所示，首先选定传感器类型为 PT100⑥，然后是相关的度量单位⑦和分辨率⑧。阈值⑨为 14，因为温度低于 15℃时天窗要关闭。

周定时开关 B003 与脉冲发生器 B004 一起在白天提供周期性的通风。本例中占空比的参数为 1∶45h/15min。

**对象 3：温度的文本显示**

常量"hi"（如图 7-16⑩所示）保证室

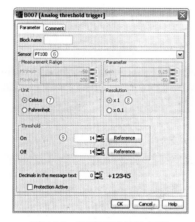

图 7-15　阈值开关的块属性

内温度和室外温度可以实时更新在显示器上。块的参数化将在 7.6 节中介绍。

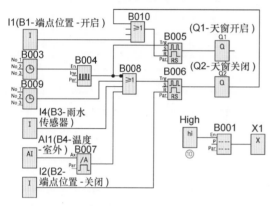

图 7-16　控制天窗和文本显示的程序段

# 7.5　带算数功能的转鼓速度控制

## 7.5.1　任务及功能描述

在 Solengo 的滚轧厂，审计公司进行了生产审计，并向工厂的管理层提出了几个提高产量的可能性方案。最后滚轧厂的管理层决定采纳审计的结果。

第一个项目是滚轧厂。在该柔性工厂（见图 7-17），不同的轧辊速度可以生产不同的产品。轧制过程的速度由一台主控制器控制，但是并不对精度进行检测。

根据工厂严格的质量要求，实际速度不

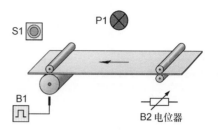

图 7-17　滚轧厂

能超过设定速度的 5% 以上。因此，必须配备监测设备用来检查实际速度，并且在有误差时通知有关人员。

## 7.5.2　硬件组态

最初先设计并测试了一台原型机。为测量实际速度，使用了一个电感型接近传感器 B1（见第 8.1.3.3 节）。该传感器每转产生一个脉冲，并且需要 24V 电源供电。

选用的 LOGO! 12/24 微型可编程序控制器可以记录并处理这些快速脉冲，同时新版本 0BA6 还提供了算术功能，这有助于计算速度误差。

而此后在实际工厂中，主控制器会提供模拟量的设定点。在原型机中，模拟量由电位器 B2 提供（参见第 7.3.2 节）。线性电位器的刻度为从 1～8。1 表示 10s 发出 10 个脉冲，并且表示最小的轧辊速度；8 表示最大速度，表示每 10s 发出 80 个脉冲。

如果实际速度的变化超过 4%，红色信号灯 P1 会点亮 2s。

**接线图**

LOGO! 12/24（参见第 7.3.2 节）由 LOGO! Power1.3A ① 供电，如图 7-18 所示。此外，所有的传感器和执行器均由 24V 电压供电。电感式接近传感器 B1② 连接到快速数字输入点 I1（参见第 8.2.2.1 节）。特殊点在于电位器 B2③ 的连接。必须通过分压电阻（参见第 7.3.2 节）连接到模拟量输入点 I8，以获取 0～10V 信号。执行器，即信号灯 P1④ 连接到继电器输出 Q1。

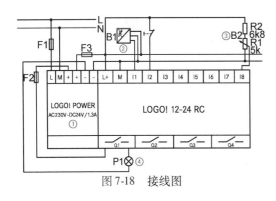

图 7-18　接线图

### 7.5.3　软件组态

　　程序的核心是计数器 B003（见图 7-19、图 7-22 中①⑩所示）与脉冲发生器 B006 的组合。在产生脉冲的 10s 内，来自脉冲发生器的脉冲数被累计下来，累计的结果可以在 2s 的脉冲间隔内从计数器的输出端读出。如果结果为"0"信号，输出点 Q1 上的指示灯点亮。

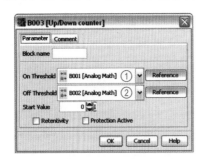

图 7-19　脉冲计数器

　　图 7-19 中的脉冲计数器输出"0"信号：

　　● 如果低于开启阈值。在此情况下，旋转频率低于允差的底限；

　　● 如果高于关闭阈值。在此情况下，旋

转频率高于允差的上限。

　　图 7-19 中 的 脉 冲 计 数 器 输 出 "1"信号：

　　● 如果计数器值在定义的阈值之间。

　　相关联的开启和关闭阈值由模拟量算术模块 B002 计算得出，如图 7-20 所示。以下的误差方程式可以用来计算阈值：

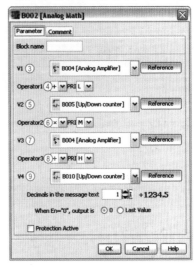

图 7-20　算术功能

$$f = \frac{(a - w)}{w} \times 100\%$$

式中，$w$ 为设定点；$a$ 为实际值；$f$ 为以% 表示的误差限。

　　依据最大实际值（关闭阈值）$a_A$ 和最小实际值（开启阈值）$a_E$，得出

$$a_E = w - \frac{f \cdot w}{100\%} \qquad a_A = w + \frac{f \cdot w}{100\%}$$

　　表 7-1 为方程式与转化为 LOGO! 标志的符号之间的联系。

表 7-1　阈值的计算

| 结果 | 值 1（P1） | 操作数 1<br>（优先级 1） | 值 2（P2） | 操作数 2<br>（优先级 2） | 值 3（P3） | 操作数 3<br>（优先级 3） | 值 4（P4） |
|---|---|---|---|---|---|---|---|
| ①/② | ③ | ④ | ⑤ | ⑥ | ⑦ | ⑧ | ⑨ |
| $a_E =$ | $w$ | −（L） | $f$ | ·（H） | $w$ | /（L） | 100% |
| $a_A =$ | $w$ | +（L） | $f$ | ·（H） | $w$ | /（L） | 100% |

　　值 $w$③/⑦、$f$⑤ 及 100% ⑨ 为已经编程

的不同功能的实际值。例如，误差限 $f$⑤ 被

编程为上/下计数器 B005，因此可以赋予参数。

算术功能的更多信息可以在 9.4 节中找到或通过使用 LOGO！软件中的帮助功能获得。

**测试运行**

要实现测试运行（见图 7-21），设定点的设定值⑫由电位器 B2 设为 5。该值由模拟放大器放大 10 倍，并作为设定点③用来计算阈值。设定误差限⑤为 4%，使得开启阈值①$a_E = 48$，关闭阈值②$a_A = 52$。

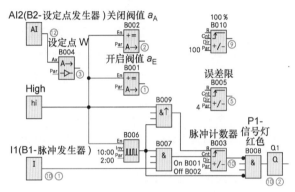

图 7-21 加工过程监控的功能图

在 10s 的脉冲持续时间内，实际值计数器⑩对脉冲计数。如果实际值⑩①处于开启和关闭阈值①/②之外，则在 2s 的发脉冲间隙，通过信号灯 P1⑩①通知操作人员。

## 7.6 带 LOGO！TD 的洗车控制

### 7.6.1 任务及功能描述

某洗车设备供应商希望将来能使用可编程序控制器来满足每个用户的需求。过程信息被送出到文本显示器上。LOGO！控制器被安装在控制柜中的 DIN 导轨上，因而其显示只能被用于设备维护。带有功能键的文本显示器使得工作人员能在距控制柜 10m 之外操作系统。

司机在信号灯 P1"前进"、P2"停止"

和 P3"后退"的引导下驾驶汽车进入正确的位置。一旦到达正确位置，就可以将程序选择卡插入读卡器中。读卡器带有 S1"启动"和 S2"预洗"两个按钮，其简化形式如图 7-22 所示。此外，可以通过使用 LOGO！文本显示器上的功能键 F2 输入奖励性洗车。

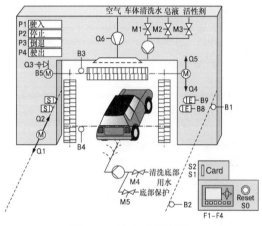

图 7-22 洗车过程草图

如果选择了预洗，入口首先向前移动到前端位置（B2），然后向车喷洒活性剂（M3）。入口之后退回到尾端位置（B1），之后车辆被喷以清水（M1）。如果没有选择预洗，则步骤 2 和 3 被跳过①，如图 7-23 所示。

在主洗车阶段，皂液连续不断地喷洒在车身上（M2）。因此 M2 设置为步进程序②。另外，车顶刷必须不断地旋转。为保证能对车辆的轮廓作出正确的检测，车顶刷需要准确的上升或下降。为此，用模拟量传感器 B5 监测车顶刷电动机的电流。如果施加的压力太高，会检测到大电流，车顶刷必须提起。如果压力太低，会检测到小电流，车顶刷必须降低。在入口向前和向后一次后，车顶刷再次被提升到顶部位置。车辆的底部与车体的主清洗同时进行③。在此过程中，首先向车底喷洒 60s 的水（M4），然后是封底（M5）。在第 10 步和第 11 步，给车辆喷洒清水，接下来鼓风干燥。

69

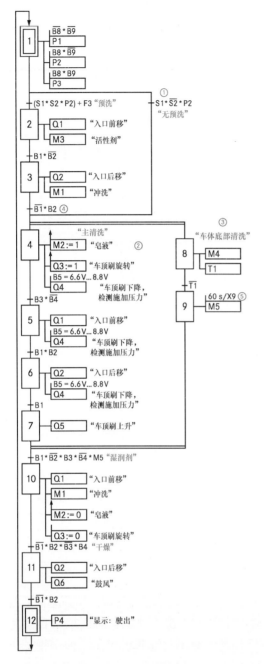

图 7-23　洗车的步序

### 7.6.2　硬件组态

因为处理步骤以及进一步的信息需要在文本显示器上显示，所以必须选择 LOGO! 版本 0BA6。老版本不能使用，因为需要保证能够进行菜单语言的切换。对于 LOGO! 0BA6

版本，12/24RC、12/24RCo、24 和 24o 都有几个输入点既可以作为数字量输入也可以作为模拟量输入。

因此，模拟量传感器 B5(0～10V)可以连接到端子 I7 或 I8(AI1 或 AI2)。或者利用"Parameters(参数)"标签下属性中的相应组态(参考图 7-24)定义 I1 或 I2(AI3 或 AI4)。

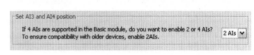

图 7-24　AI3、AI4 的位置设定

由于需要 10 个 DI(数字量输入)和 15 个 DO(数字量输出)，带有两个 DM16 的基本模块必须使用 8 输入和 8 输出进行扩展。鉴于传感器和阀均由 24V 供电，选定 LOGO! 12/24RC 及两个 DM16 12/24R。

为了显示处理步骤，使用了带有相应电缆的 LOGO! TD。4 个功能键可以用作辅助操作员功能，如切换菜单语言。

### 7.6.3　软件组态

洗车步进程序的实现在下面仅以简略形式说明。只有与第 5 章托盘库步进程序有重要不同的地方才进行解释。因此建议完成所附 CD 中的程序。本节着重于文本信息。

**1. 二选一分支("或"分支)**

依据用户需求，洗车过程可以选择或不选择预洗段。因此，步进程序中，平行于步序 2 和步序 3，有二选一分支①。根据哪个转换条件被满足，左边或者右边的分支将被选定。故而，相应的转换发生在分支点之后。在 LOGO! 程序中需要注意，步序 2 和步序 4 均复位步序 1。在进行希望的步序之前，程序要回到主线④。

**2. 平行分支("与"分支)**

车身的主洗和底部的清洗是同时进行的。由于主洗的完成要依据传感器，因此底部的清洗被分为时间步进。在此情况下，两条线(②和③)以平行的方式执行。

平行分支接着上一个转换的完成而开始（本例中在步序 4 之前）。两个分支接下来被激活，如果相应的转换被满足，则跳到对应的步骤。所以从步序 4 到 5 的必要条件与从步序 8 到 9 的不同。在结合点之下的步序 10 只有在两个分支全部结束之后才被激活。步序 10 去活步序 7 和步序 9。

**3. 时间相关步序**

步序 8 中启动了一个接通延时继电器，执行了该步序之后跳跃到步序 9。如图 7-25 所示为这一过程的程序。在步序 9 中执行了一条延时断开指令。阀 M5 的时间因此由边缘触发延时继电器限定。

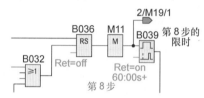

图 7-25　带有时间限制的步序

**4. 用 0BA6 后续版本在 TD 及显示器上显示信息文本**

由于版本 0BA6，LOGO！控制器的显示功能有了极大的扩展。现在以过程信息的显示作为例子予以说明。在程序中的特定块中可以看到各种组态。

**5. 信息文本的设定**

在软件中，可以通过 File（文件）→ Setting for message text（设置信息文本）对所有 50 个可能的字符块完成有效的组态，如图 7-26 所示。

为了使用不同的字符集、条形图或外部字符显示等新功能，要选定"Use new feature（使用新功能）"①。另外的一个选项则只能对应以前版本的字符信息。

在语言设置中有两种字符集可以选择②。背景是可以由标志 M27 在两个字符集之间切换的功能（M27 = 0：字符集 1—当前显示文本；M27 = 1：字符集 2—文本）。在每个信息文本的属性中（见图

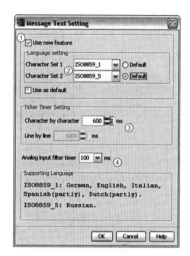

图 7-26　总体组态

7-27 中⑧所示）可以对选定的字符集输入不同的信息文本。

如果文本需要滚动显示，则可以定义其速度③。滤波时间④定义指定的模拟量值在显示上的更新间隔。

**6. 滚动文本**

如果洗车位没有车辆，显示器上应该显示如下信息：

● 制造商的名称；

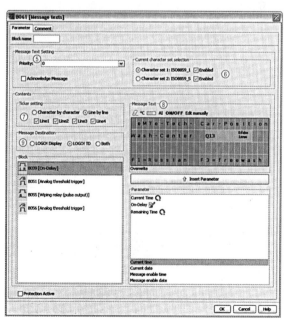

图 7-27　信息文本的设定

71

- 车辆位置：正确/错误；
- 语言选择：德语/俄语；
- 奖励性洗车的标准。

显示的可视部分小于可以输入的字符的数量。因此，文本区域有颜色不同的背景⑧。如果每行输入的字符多于 12 个，则可以用滚动设置⑦指定是"character by character（逐字）"从右向左移动，还是切换带有绿色和青绿色背景的两页（"line by line"（逐行））。利用选择框可以定义哪个选项有效。由于制造商名称和语言选择在左半边定义，因此汽车位置及奖励性洗车的标准显示在右半边。这里选择了"line by line"（逐行）显示方式。选择外部显示 LOGO! TD 用来作为信息显示的目标⑨。

### 7. 车辆位置

车辆的正确位置需要显示。使用 0BA6 及后续版本，可以给每个输入或输出状态赋以名称。在所显示的例子中，当车辆到达正确位置时，需要显示"Right（正确）"。否则显示"Wrong（错误）"。在本例中，车辆位置的指示装置为灯 P2（Q13）。

要实现这一过程，需要点击信息文本中的 ON/OFF 按钮，如图 7-27 中⑧所示，该动作可以打开相应的属性窗口，如图 7-28 所示。由于需要扫描输出点 Q13 的状态，该项必须选定⑩。可以输入 8 个字符用来定义输出的状态。"False"对应未切换输出状态，而"True"表示切换状态⑪。

图 7-28　I/O 状态名

### 8. 切换字符集

过程信息要以不同的语言输出到显示器上。前面已经叙述过对于此项的一般设定。要使能俄文的输入，首先必须改变操作系统中的键盘语言［Windows：→Control panel（控制面板）→Region and language options（区域和语言选项）→Languages（语言）］。

而后可以在选定的信息文本属性中定义第二个字符集，如图 7-27 中⑥所示，此时会出现空白的字符区。之后就可以输入外文字符了，如图 7-29 所示。

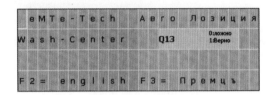

图 7-29　第二种语言

标志 M27 必须置位，只有这样才能在操作中将第二种语言输出到显示屏上，如图 7-30 所示。

图 7-30　字符集切换

如果点击外部显示的功能键 F1，自锁元件 B062 会被置位，并且标志 M27 呈现"1"状态，这样所有的信息文本切换到第二字符集。可以使用功能键 F2 切回。

### 9. 优先级

应用优先级位（见图 7-27 中⑤所示）可以定义当几个文本块同时被激活时，哪一个被送到显示屏上。最低位代表最低优先级，它被高优先级所覆盖。为了看到低优先级位，可以使用光标箭头滚动。

### 10. 条形图及模拟量显示

车顶刷所施加的压力可以由模拟量传感器 B5 进行监测。为了便于该值的监测，该值及参数化的最大及最小转换值应该一同送入显示。为了清晰地显示实际值的变化趋势，需要以条形图形式显示，如图 7-31 所示。

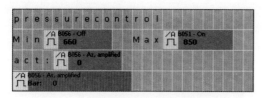

图 7-31　显示施加压力的检查结果

为了显示模拟量值，可以选择相应的块并将预定的参数拖入文本框，如图 7-27 下方所示。

为了显示变化趋势，需要在信息窗口中点击▭▭▭按钮，如图 7-27 中⑧所示。然后在相关的窗口中选择提供信息的块和参数，如图 7-32 所示。同样也可以设置条形图的大小和方向。

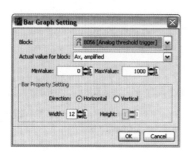

图 7-32　条形图的设定

## 7.7　带 PWM 的储料仓

### 7.7.1　任务及功能描述

在饼干生产厂，饼干模具需要运送到填充站。模具由一台单机填充。自由流动的面糊原料在重力作用下从缓冲罐进入模具。为保证灌装的一致性，需要尽量保证缓冲罐中液位的一致性。

缓冲罐的人工填充的成本太高，因此需要对 4 个填充站进行自动解决方案的改造。当设备起动后，面糊会连续地从储料仓泵入缓冲

罐，如图 7-33 所示，4 个填充站之一。填充站的控制器提供如下信号：

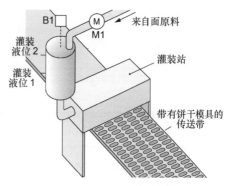

图 7-33　4 个灌装站的其中一个的工作草图

- 使能对缓冲罐的填充；
- 料位 1；
- 料位 2；
- 清洁。

### 7.7.2　硬件组态

为了准确地测量 4 个缓冲罐中的料位，使用带有模拟量输出（0～10V）的激光测距传感器，如图 7-34 所示。传感器的供电电压为 24V，可以直接连接到 LOGO! 控制器端子

图 7-34　激光测距传感器

I1（AI3）、I2（AI4）以及 I7（AI1）、I8（AI2）上。LOGO! 控制器的版本为 0BA6，因为该版本可以定义该 4 个模拟量输入（0～10V）。传感器必须参数化（使用传感器的学习功能），这样 10V 电压对应于空罐可用。距面糊液面的最小距离为 20cm（0V）。所使用的泵具有如下的额定值：$U_N = 230 \sim 290$VA。

由于面糊具有一定的黏稠度，泵必须始终保持全功率工作。为了适应小流量的情况，因此使用了脉宽调制。周期定为 2min。由于工作周期数非常高，所以带有继电器输出的 LOGO! 控制器的寿命会很低，为此，此处需要使用带有晶体管输出的 LOGO! 控制器。非浮动输出的 LOGO! 控制器的输出电流

仅为 0.3A，需要用半导体型继电器控制电动机。半导体型继电器为电绝缘的电子开关。综上所述，使用 LOGO！24 作为控制器，如图 7-35 所示。

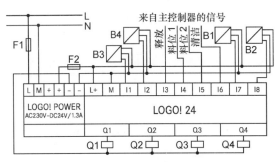

图 7-35　接线图

### 7.7.3　软件组态

因为 4 台面糊灌装缓冲罐的控制器完全相同，在此只需要介绍一个即可。

如图 7-36 所示，激光测距传感器 B1 输出的模拟 10V 信号对应于空罐，0V 信号对应于最大灌装量。模拟量放大器将该信号转化为 0 对应空罐，转化为 1000 对应满罐。为此，将增益设置为 -1，将偏置设置为 1000。对于将当前的液位正确地输出到文本显示上来说，该设置非常必要。操作人员习惯认为 0 是空罐。

信号将由 PI 控制器 B002 予以处理。从放

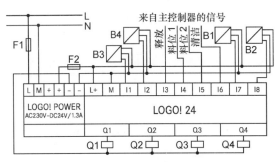

图 7-36　面糊缓冲罐的 PWM 程序

74

大器来的实际值要与由模拟量多路复用器 B004 提供的设定点 SF1b 进行比较。控制器被参数化将系统偏差放大 3 倍，如图 7-37 所示。I 元件将被关闭，因为此处并不需要它。控制过程中的超调在此不做介绍。

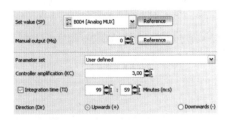

图 7-37　PI 控制器的属性

该过程的优越之处在于当接近设定点时，输出信号会变小，而且大的偏差会迅速地被予以补偿。

块 B003 将 PI 控制器的模拟量输出值转换为不同脉冲宽度的数字量，如图 7-38 所示。在输入点 EN 出现的"1"信号会使能 PWM 块。

图 7-38　PWM 属性

模拟量 MUX（多路复用器）B004 生成多达 4 个可参数化的并且与输入信号有关的模拟量值。在此，这些值被设置为：工作值为 350 和 500，0 为用户设置。当需要对罐进行清洁时，值 0（空罐）被送出。AND（与）功能块 B005 ～ B007 用来确保防止灌装站控制器出现错误信息。

什么是脉宽调制（PWM）以及用它能干什么？

使用脉宽调制，模拟量的输入被转换为（数字量）占空比。举例来说，受控电动机的功率需要降低，但是出于某种原因（如例子中所提到的），不能实现。

在这种情况下，需要使用某种"窍门"。比如仅需要 60% 的最大功率，则只在 60% 的工作时长内为全功率，在 40% 的工

作时长内关闭。如果计算总工作时长内的平均功率，则对应的结果为全功率的60%。如图 7-39 所示在 LOGO! 控制器中，该时长可以参数化为"Periodic Period（周期时间）"模拟量输入信号在参数化时间单位的开始被处理。当该量值处理结束后，将会处理下一个输入量值。因此，在参数化时需要考虑对于输入量的变化是否要快速响应。其影响在于输出需要高频率的切换，这会大大降低 RC 型 LOGO! 控制器的寿命（最多一百万个工作循环）。因此，通常使用电子型输出，而且周期时间设置的较小。

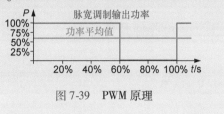

图 7-39　PWM 原理

# 8 硬 件

## 8.1 控制器件及传感器

### 8.1.1 信号

IPO 原则将一个控制功能分为 3 个部分：输入、处理和输出(参见第 2 章)。在分析 LO-GO! 控制器之前，我们应该首先检查信息源(传感器以及控制元件)和对象(执行器)。

图 8-1 所示的简化系统表述对控制功能进行了清楚说明。其中输入信号在处理部件中给予评估，其结果被送到执行器(输出)。

图 8-1　接口

前一个对象的输出信息是后一个对象的输入信息①。它们之间的传输点被称为接口。

**模拟量及数字量信号**

由于二进制信号的处理极为简单，因此它们主要用于控制工程中。"二进制信号"一般来说仅有两个可能的状态(简写为 bi)。它们可以由所谓的电平表示。

| 高电平 | 低电平 | 高电平 | 低电平 |
|---|---|---|---|
| On | Off | H | L |
| 高 | 低 | 1 | 0 |

举例：
* 受激励的 NO(常开)触点为"1"，"On"或"高"(简写为"H")；
* 非激励的 NO(常开)触点为"0"，"Off"或"低"(简写为"L")。

因此，电平表示状态或者信号的幅度，这一非常普通的信息实际上指的是与控制器

所使用的电压相关的电压范围。控制工程中最常用的电压范围为 0~12V，0~24V 及 0~230V。低电压被定义为"0"信号，而高电压被定义为"1"信号。两者之间为区分两种电平的"禁止区"，如图 8-2 所示。

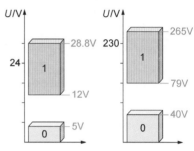

图 8-2　不同电平的电压范围

电平的实际值取决于制造厂以及装置。对于 LOGO! 控制器，以下的值适于输入信号，见表 8-1。

表 8-1　**LOGO! 控制器所使用的电压范围**

| | 输入电压(允许范围) | "0"信号 | "1"信号 |
|---|---|---|---|
| LOGO!<br>230RC... | AC/DC 115~240V<br>(AC 85~265V；<br>DC 100~253V) | < AC 40V<br>< DC 30V | > AC 79V<br>> DC 79V |
| LOGO!<br>24... | DC 24V<br>(DC 20.4~28.8V) | < DC 5V | > DC 8V |
| LOGO!<br>24RC... | DC 24V<br>(AC 20.4~26.4V；<br>DC 20.4~28.8V) | < AC/<br>DC 5V | > AC/<br>DC 12V |
| LOGO!<br>12/24... | DC 12/24V<br>(DC 10.8~28.8V) | < DC 5V | > DC 8V |

有些传感器在输出端提供可供后续控制器做进一步处理的模拟量信号。这很重要，比如对超声波传感器的信号进行处理，以便精确地在不同的距离执行特定的不同动作。

控制装置及传感器的制造商已经同意使用如下的标准化模拟量信号：

* 0~10V；

- 4～20mA；
- 0～20mA。

## 8.1.2 控制器件

如果键、按钮和开关被用于命令的手动输入，它们就被称为控制元件。它们建立了人和控制器之间的联系。

举例说明，如果一台设备需要起动或停止，或者有必要选择不同的操作模式，比如手动或自动模式，则所使用的按钮和开关就是命令的手动输入。

**按钮及开关**

如果按钮（见图 8-3）带有 NO（常开）及 NC（常闭）触点，必须注意：当按动按钮时，NC 触点①在 NO 触点②接通前首先断开。图 8-4 所示的信号/行程图清晰地描述出了

该正向驱动的关系。

按钮的颜色表示其功能。特定的颜色分配给不同信息，见表 8-2。比如，蓝色被用于主复位，如对于紧急停止后的应答以及复位到基本设定。

图 8-3　按钮

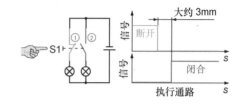

图 8-4　按钮触点受激励时的响应

进一步定义的颜色码同样适用于信号灯以及内置信号灯的按钮。

表 8-2　颜色与信息的关系

| 按 钮 | | 颜 | 信 号 灯 | |
|---|---|---|---|---|
| 含　义 | 应　用 | 色 | 含　义 | 应　用 |
| 紧急 | 急停 | | 紧急 | 引起危险的状态 |
| 非正常 | 消除不正常或非期望状态 | | 非正常 | 检查物理量是否已超出正常范围 |
| 正常 | 准备、确认、启动允许，禁止停止 | | 正常 | 物理量在正常范围之内 |
| 必要 | 复位功能 | | 必要 | 需要行动 |
| | 启动/开启 | | 中性 | 检查切后是否必要 |
| | 停止/关闭 | | | |

## 8.1.3 传感器

将一个物理变量转变为可以由电处理的变量的转换器称为传感器，如图 8-5 所示。"传感器"大致意指"用于验证和检查的装置"或者"环境状况感知器"。它们用在设备上，用来探测不同的工作状态。

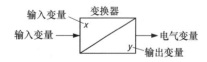

图 8-5　传感器的一般功能

因此，传感器可以理解为将一个物理量（如温度或压力）转化为另一种变量（如电阻

值或电压值）的装置。

输出信号必须要依据后续的处理过程进行变换，比如放大或数字化。图 8-6 所示的风速传感器对此作了说明。

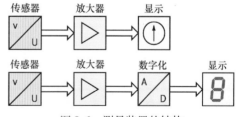

图 8-6　测量装置的结构

这里风速被转变为电压值，经放大后成为可以处理的信号。之后，可直接输出到模拟显示屏，或者在数字化后输出给数字显示

屏/或在控制器中做进一步处理。

对于将传感器与控制工程相结合,大多数的这种测试结构都会融入到系统中。依据最初的组态,输出为标准的模拟量信号或数字量信号。在电路中,其表示方法取决于它是要以带控制端的开关连接到电路中,如图8-7a所示,还是以块符号连接到电路中,如图8-7b所示。

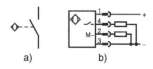

图8-7　传感器的图形符号

利用传感器可以探测众多的物理变量,见表8-3。以下列出了最普通的传感器以及它们的功能,并列举了几个应用实例。

表8-3　最普通的传感器及它们的应用

| 名　　称 | 电感式接近传感器 | 电容式接近传感器 | 光学接近传感器 | 对射式光电传感器 | Pt100 温度传感器 | 限位开关 | 干簧管 | 超声波传感器 |
|---|---|---|---|---|---|---|---|---|
| 距离 | × | × | × | | | | | × |
| 正在接近的对象 | | | | | | | | |
| 位移 | × | × | × | × | | × | × | × |
| 温度 | | | | | × | | | |
| 材料识别 | | | | | | | | |
| 旋转频率 | | × | (×) | | | | × | × |
| 鉴别计数 | × | × | × | × | | × | | |
| 活塞位置(气缸状态) | (×) | (×) | (×) | | | × | × | |

- 端点开关/限位开关/微动开关;
- 接近传感器:
- 电感式接近传感器;
- 电容式接近传感器;
- 磁式接近传感器(干簧管);
- 磁阻式接近传感器;
- 光学接近传感器;
- 对射式光电传感器;
- Pt100 温度传感器;
- 超声波传感器。

### 8.1.3.1 限位开关/端点开关/微动开关/位置开关

#### 1. 功能

端点开关基本上就是一个普通的触点,但不是由人工操纵的,而是由一个工件或设备组件操纵,比如活塞或凸轮。如图8-8所示,开关的操纵杆上安装有滚轮,目的在

图8-8　滚轮操纵的限位开关

于防止由于工件安装的偏斜造成开关不能接触。该滚轮在电路中以一个圆圈表示操作器件。这种开关如没有操纵杆或其他形式的操纵杆,也可以做成其他形式,如图8-9所示。

图8-9　不同形式的位置开关

开关转换所需的力非常小。端点开关通常表征工件或设备组件所经历的行程,即为一个物理量,由 B 表示。

#### 2. 寿命/应用领域

由于机械元件会磨损,所以其寿命有限(大于 $5 \times 10^6$ 个工作循环)。当用于高污染的环境时,必须有良好的保护。这种开关的工作频率必须很低,这是因为机械设计的原因,同时随着磨损的增加,转换点也会变化。其

优点主要体现在低的成本方面。出于安全的原因，机械触点(强制断开)通常是基本元件，比如用来监控推拉门。

### 3. 功能举例

工件由气缸从料仓中推出，即从料仓分离。限位开关用来检测工件是否到达了端点位置，如图8-10所示。

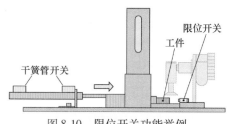

图8-10　限位开关功能举例

### 8.1.3.2　接近传感器

接近传感器经常被用来替换机械限位开关。限位开关通过接触或操纵触发，而接近传感器为无触点型。两者的物理原理不同，如图8-11所示。接近传感器的设计为无磨损，而且可以用在比较恶劣的环境中。如果传感器输出的信号被转换为二进制信号，则它也可被称为接近开关。

图8-11　接近传感器

在测量技术方面，通常使用输出某种标准模拟信号($0\sim10V$,$0\sim20mA$或$4\sim20mA$)的传感器。在选择特定的接近传感器时，主要注意以下各项：

- 额定检出距离 $Sn$：标准测量板接近时引起传感器信号切换的距离，标准测量板由St37钢制成。该特性值没有考虑制造误差和温度或电压偏差造成的误差。

- 保证检出距离 $Sa$：当传感器工作于允许的工作条件下时，测量板与传感器之间的距离。该值是传感器可探测到的"最新"测量板距离，如图8-12所示。

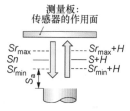

图8-12　检出距离

- 开关值重复性：在给定的条件下重复测量值之间的偏差。

- 迟滞：迟滞($H$)表示测量板移近传感器然后再移开时两个检出距离的偏差。它使得检出距离需要修改为 $Sr_{min}+H$ 及 $Sr_{max}+H$。

- 折减系数：额定检出距离参照的是具有标准尺寸、材料以及表面特性的测试板。为了得到开关转换对于材料的响应，采用折减系数(见表8-4)表示与材料相关的检出距离($Sr$)。通常会定义一个范围，这样减少的检出距离 $Sr$ 就会介于最大值与最小值之间。

表8-4　电感式接近传感器的折减系数(传感器不同可能会出现偏差)

| 额定操作距离 $Sn$ 的折减系数 | | 额定操作距离 $Sn$ 的折减系数 | | 额定操作距离 $Sn$ 的折减系数 | |
| --- | --- | --- | --- | --- | --- |
| 材料 | SIEN-4 B-... | 不锈钢 St 18/8 | $0.7\times Sn$ | 铝 | $0.4\times Sn$ |
| St 37 钢 | $1.0\times Sn$ | 青铜 | $0.4\times Sn$ | 铜 | $0.3\times Sn$ |

### 8.1.3.3　电感式接近传感器

#### 1. 功能

电感式接近传感器用来检测金属类材料。电感式接近传感器会生成$100kHz\sim1MHz$的交变电磁场，如图8-13所示。如果有导电的材料在传感器前面移动，则传感器上的

能量将减少，这是因为传感器的电磁场在导电材料中产生电压。这会导致产生一个新的交变电磁场，而且该电磁场会抵消传感器的电磁场。传感器中电磁场的变化由传感器处理并变换为信号。

在考虑折减系数的情况下，导磁材料比

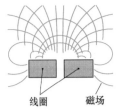

图 8-13　电感式接近传感器的磁场

单纯的导电材料要好。

**2. 寿命/应用领域**

图 8-14 所示为不同外形的电感式接近传感器。电感式接近传感器主要用来确定位置。只有在非常特殊的情况下才会用模拟量输出值来检测距离。在这种情况下必须保证是同一个物体或极为相似的物体以相同的方式接近传感器。

图 8-14　不同外形的接近传感器

这种电子的、无触点的传感器的寿命为

$10^{10}$个工作循环，大约为 5 年。

**3. 功能举例**

在制管的过程中，工件是通过一个斜坡来供给的，如图 8-15 所示。为了检测材料的输出，使用了电感式接近传感器，其安装位置确保其能探测金属管。

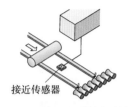

接近传感器

图 8-15　制管过程中的材料探测

### 8.1.3.4　电容式接近传感器

**1. 功能**

尽管其内部设计与电感式接近传感器完全不同，但它们的功能原理却是类似。

电容式接近传感器可以探测导电和非导电的物体，见表 8-5。这种传感器工作于由两个电极产生的电场，每一件工件进入这个电场可以认为是改变了电介质，这会产生开关信号。

表 8-5　折减系数

| 材　　料 | 折减系数 | 材　　料 | 折减系数 | 材　　料 | 折减系数 |
|---|---|---|---|---|---|
| 所有金属 | 1.0 | 玻璃 | 0.3 ~ 0.5 | 木材(与含水量有关) | 0.2 ~ 0.7 |
| 水 | 1.0 | 塑料 | 0.3 ~ 0.6 | 油 | 0.1 ~ 0.3 |
| 酒精 | 0.7 | 纸 | 0.5 ~ 0.6 | | |

检出距离在很大的程度上与材质和尺寸有关。比如厚度大的材料会比厚度小的材料有更大的检出距离。因此，通常在传感器中加装调整功能，由此可以对传感器进行校验。

传感器对于大气湿度很敏感。电感型和电容型接近传感器需要电源供电。

**2. 寿命/应用领域**

这种传感器的寿命通常定义为"非常高"，可以理解为大于 $10^{10}$ 个工作循环。开关频率可以高达 300kHz，但是通常在 1kHz 以下。

**3. 功能举例**

其应用之一是检测纸质或塑料包装中的灌装量。本例中，如果纸质包装为空则触发

传感器，如图 8-16 所示。

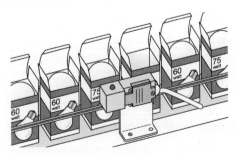

图 8-16　灌装量检测

### 8.1.3.5　磁式接近传感器/干簧管

**1. 功能**

这种传感器通常包含一个干簧管。干簧管有两条装在玻璃管中具有铁磁性的触

点杆。

如果用一块永久磁铁或者一个通电的电磁线圈靠近，则两个触点杆会像两块永久磁铁一样相互吸引，如图8-17所示。因此，干簧管是用来探测磁场的。

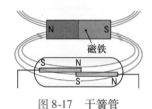

图8-17 干簧管

### 2. 寿命/应用领域

由于干簧管的开关信号是由机械产生的，所以其工作寿命不是无限的（约大于$10^7$个工作循环）。

气缸及液压缸生产厂通常在活塞上安装小的永磁铁。因此，使用这种低成本的传感器可以对活塞的位置进行探测。为了探测缸体的两个端点，必须使用两个磁阻式接近传感器，如图8-18所示。

图8-18 磁阻式接近传感器

正是由于其简单的工作原理，干簧管有极大的使用柔性。在流量的测量方面，流动介质（如水）驱动一个装有磁铁的转子，如图8-19所示。传感器由转子的转动控制，因此开关的频率就是流量的度量。

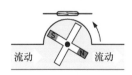

图8-19 流量测量

### 8.1.3.6 磁阻式接近传感器

#### 1. 功能

如果一块磁铁靠近这种传感器，其内部的半导体材料会改变其电阻，这种变化会成为开关信号。这种传感器需要供电，如图8-20所示。

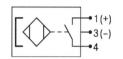

图8-20 磁阻式接近传感器

### 2. 寿命/应用领域

应用与干簧管相同，寿命约为$10^{10}$个工作循环。

### 8.1.3.7 气缸位置变送器

#### 1. 功能

位置变送器可在一段确定的路径上判断气缸活塞的位置并以标准模拟量的形式输出（0～10V或4～20mA），如图8-21所示。现有的传感器可以记录50mm的距离，并且可以判断活塞是否位于探测范围之外。信号的重复性偏差大约为0.1mm。

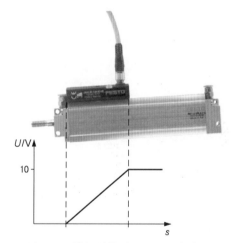

图8-21 模拟量信号正比于活塞位置

### 2. 寿命/应用领域

如同大多数无触点的传感器一样，只能模糊地定义其寿命为"非常高"（约为$10^{10}$个工作循环）。无需后续的校验。

其典型应用包括对象检测，通过气缸位置判断工件是否位置正确或者区分工件的好坏。这种传感器也可以用于需要有不同端点位置的材料。以前，这种情况需要对磁性端点位置传感器重新校验。

### 8.1.3.8 光学接近传感器

### 1. 功能

光学接近传感器包含有一个发光二极管和一个光接收器。传感器产生一个红色或红外（不可见）光束，通过光学安排，光束沿确定方向的直线照射。

如果需要大的光功率，则要使用红外线，比如用来对建筑进行防护时需要能照到500m 的距离。只有发光二极管发出的光线能被接收器处理，因此避免了从外部光源发出的光线造成的错误，如图 8-22 所示。

图 8-22　功能图

由于发射器与接收器结合在了同一个壳体中，并且使用了特定频率的光脉冲，因此可以抵消外部光源光束造成的干扰。接收器只处理发射器发出的频率和脉冲。

光学接近传感器的设计具有小巧坚固的特点。根据应用的不同，发射器和接收器可以制造成分体式或共体式（最通常的设计），可以为圆形或方形，如图 8-23 所示。

图 8-23　光学接近传感器

### 2. 寿命/应用领域

由于为无触点结构，光学接近传感器具有极高的寿命（约为 $10^{10}$ 个工作循环）。

对于光穿越式传感器来说，发射器与接收器为分体式结构，而且相对安装。由于光射线直接由发射器传输到接收器，因此可以覆盖500m 的距离，而且任何形状的非常小的物体都可以探测到，如图 8-24 所示。光穿越式传感器通常用来保护机器及机器零件。

对于反射式传感器来说，发射器和接收器就像漫射传感器一样靠近布置并置于同一壳体中。如图 8-25 所示，两个光学系统上下叠放。因此，传感器的安装和校验变得非常简单。在这种传感器中，发射器发射的光束必须由合适的材料反射回接收器。通常会使用一个反射器来反射光束。反射式传感器通常被用于短距离并且在环境灰尘不多的场合来探测工件。图8-26所示为用反射式传感器计数工件，这种传感器的工作距离可以达到50m。

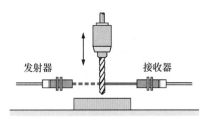

图 8-24　用来检查钻头的遮光布置

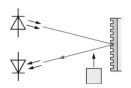

图 8-25　反射式传感器

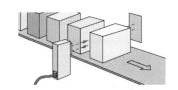

图 8-26　用反射式传感器计数工件

漫射式传感器采用了收发器，即发射器和接收器在同一壳体内相互紧挨着布置，如图 8-27 所示。发射器发射的光束由被检工件反射回接收器，如图 8-27 所示。如果在传感器检测区域内没有工件，则背景会吸收光束或者将其反射偏离，这样反射光束不会到达接收器。这种传感器带有单圈或多圈电位器，用它可以设定响应或开关阈值。

### 3. 带光纤的光学接近开关

光学传感器可以配以塑料或玻璃光纤，可以将光束引导到任何位置，而且几乎没有

图 8-27　漫射式传感器

损失。

这种传感器主要用在没有足够安装空间的情况下，如图 8-28 所示。在这种情况下，光缆可以穿过空隙。通过光缆可以将传感器安装在更适合的位置（比如在危险场所，可将传感器置于安全位置）。由于塑料光纤柔软，可以任意移动位置，所以它可以安装在移动物体上进行探测。

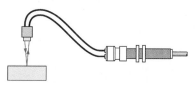

图 8-28　配有柔性光缆的漫射式传感器

如果需要使用光缆，则必须使用反射式传感器。这种传感器也可以作为对射式传感器使用，如图 8-29 所示。在这种情况下没有必要将发射器与接收器分离。

图 8-29　使用反射式传感器和
光缆的对射式设计

由于光缆的发射口与接收口都非常小，因此光束的角度很小。由此，可以可靠地探测像钻头这样小的物体。

**4. 功能举例**

与其他类型的传感器结合，可以区分不同的材料。在这种情况下需要使用漫射式传感器，以探测材料表面的结构或颜色。

在实际应用中，通常将漫射式传感器与电容式接近传感器相结合来使用，以探测不同的材料和表面结构。举例来说，电容式传感器用来确定在探测区域内是否有纸。电感

式传感器用来识别探测区域内的金属材料。漫射式传感器用来检测材料是亮还是暗。

以下材料由于其反射性较差，很难用漫射式传感器探测，因此要确定其表面结构，需要与其他传感器结合：

- 黑橡胶；
- 亚光黑塑料；
- 表面粗糙的材料；
- 红纸（当使用红光时）。

### 8.1.3.9　超声波传感器

**1. 功能**

图 8-30　超声波传感器

超声波传感器（见图 8-30）可发射人耳听不到的声音（65 ~ 400kHz 之间）。如果该信号碰到目标，则会被反射回传感器。由于信号从发射到接收，中间要经历一段时间，所以该"运行时间"可以测量出传感器到物体之间的距离。超声波传感器在其内部将该时间转换为标准的电压或电流信号（模拟量信号）。

有些传感器以频率的形式输出信息。这样的（模拟量）信号可以从 LOGO! 控制器的快速输入端读入。如果当在距传感器某一确定距离上有物体通过时需要二进制的输出发生切换，则可以通过调校功能实现。超声波传感器发出的信号带有约为 10° 的声波夹角，探测范围可达 12m。

**2. 寿命/应用领域**

像所有无触点传感器一样，其寿命定义为"极高"，即约为 $10^{10}$ 个工作循环。超声波传感器特别适合工作于恶劣的工作环境中，比如说面粉仓或水泥仓，这是因为它们可以区分远、近物体，并且工作范围大。这种传感器对于外部条件（如灰尘和水汽）的依赖性比较小，但是对于高压，低压或高温的环境影响较大。被测元件的外形结构/材质等因素与测试结果无关。对于斜面的测量会有问题，因为反射波会有一个角度，致使

回波不能到达接收器。

### 3. 功能举例

工件要从输送带上送到加工站。带驱动电动机要在工件快要到达端点位置时降低速度，并在随后停止。由于工件在输送带上的位置并不确定，因此距离的测量必须为无触点式。用开关量输出的超声波传感器可以测量出工件与端点位置的距离，如图8-31所示。

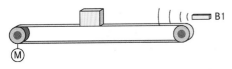

图8-31　用超声波传感器测量距离

## 8.1.3.10　温度传感器

虽然许多种传感器都可以记录温度值，但在此只考虑那些与LOGO！控制器控制工程相关的传感器：

**电阻式传感器，以Pt100为例。**

电阻式传感器利用了金属的电阻值随温度而变化的特性。

以下公式适用于特定温度下金属导体的电阻值 $R_T$ 的计算。

$$R_T = R_{20} \cdot (1 + \alpha \cdot \Delta T)$$

式中，$R_{20}$ 为导体在时的电阻值；$\alpha$ 为温度系数（铂：$\alpha = 0.0041/K$）。如果温度系数大于0，就被称为正温度系数；如果温度系数小于0，就被称为负温度系数；$\Delta T$ 为实际温度与20℃的温差。

最初，用铂作为电阻式传感器，因为它具有非常好的线性度，即使在频繁地增温和

降温之后，它也能保持其原有的电阻值。所谓的额定电阻定义为0℃时的电阻值。电阻型传感器的标准电阻为100Ω、500Ω或1000Ω。型号也由此引出，比如Pt100（铂传感器，电阻值为100Ω）。其在从 $-100 \sim 400$℃ 的范围内几乎都保持线性，如图8-32所示。

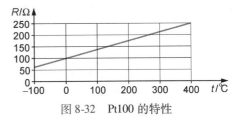

图8-32　Pt100的特性

传感器的电阻材料被贴附在载体材料上。在微型传感器中，铂被蒸镀到陶瓷表面上。由于体积小，这种传感器对于温度变化有非常快速的响应。这点对于化学过程的温度测量非常重要。Pt100传感器的测量范围通常是 $-200 \sim 850$℃。

Pt100与LOGO！控制器结合具有特别的优势，因为有特殊的模块处理传感器的信息，并且可以使其作为温度值使用（参见第8.2.2.2节）。

## 8.2　LOGO！控制器

LOGO！控制器是带有基本装置的模块化系统，可以根据要求进行扩展，如图8-33所示。表8-6所示的最小及最大组态仅代表其限制值，准确的数量取决于模块并且可以通过本章的内容予以确定。

图8-33　LOGO！230RC—带有最大组态的基本装置

**表 8-6 以 LOGO! 230RC 为例的组态限制**

|  | 最 小 组 态 | 最 大 组 态 |
|---|---|---|
| 数字量输入 | 8 | 24 |
| 模拟量输入 | — | 8 |
| 数字量输出 | 4 | 16 |
| 模拟量输出 | — | 2 |

对于价格/性能比，LOGO! 控制器比继电器电路有更大优越性，但是低于 S7 控制器。对于少数几个定时器值的处理，使用 LOGO! 控制器比较便宜而且比大的继电器电路（硬件接线的控制器）有更大的柔性。与小型可编程序控制器及 PLC 相比，它们的功能范围小得多，因为信息的存储单元及处理功能都非常有限，如图 8-34 所示。

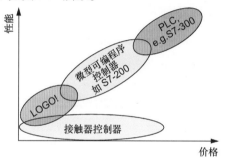

图 8-34 LOGO! 控制器与其他控制器
之间的价格/性能比较

### 8.2.1 电压等级

LOGO! 控制器具有 4 种基本类型以及 3 个电压等级。除特定的电压（如 24V）之外，其他可以使 LOGO! 控制器接受的电压范围与形式（AC/DC）也在考虑范围之内（见表 8-7）。与模拟量模块及通信模块不同，扩展模块只能使用相同的电压等级，而这是由它们的机械条件（屋里的插头、插座）决定的。以下电压等级的区别在于：

等级 1：即 DC 12V、AC 24V、24V

等级 2：大于 24V，即 AC/DC 115~240V

制造商建议，当要将模块组合起来时，数字量模块要置于基本装置的右端，后面是模拟量模块。如果需要的话，后续是通信模块（AS-i/EIB）。

- LOGO! 控制器采用了模块化设计，可以在一定的限制条件下按照所描述的进行组合。
- 控制器可以在很宽泛的电压范围内进行工作。
- 允许的模块之间的组合取决于电压等级。

**表 8-7 LOGO! 控制器基本装置的电压等级**

| | 类　型 | 输入电压（允许范围） | "0" 信号 | "1" 信号 |
|---|---|---|---|---|
| 等级 1 | LOGO! 12/24 | DC 12/24V<br>（DC 10.8~28.8V） | < DC 5V | > DC 8V |
| | LOGO! 24... | DC 24V<br>（DC 20.8~28.8V） | < DC 5V | > DC 8V |
| | LOGO! 24RC... | AC/DC 24V<br>（AC 20.4~26.4V<br>DC 20.4~28.8V） | < AC/DC 5V | > AC/DC 12V |
| 等级 2 | LOGO! 230RC... | AC/DC 115~240V<br>（AC 85~265V<br>DC 100~253V） | < AC 40V<br>< DC 30V | > AC 79V<br>> DC 79V |

### 8.2.2 LOGO! 控制器技术规范

#### 8.2.2.1 基本装置

**1. 带与不带控制元件及显示**

依据应用，LOGO! 控制器可以在有或没有键盘和显示的情况下使用。单纯型主要

用在控制柜内，这里对于操作来说，无需信息显示，而且不需更改参数。这种 LOGO! 控制器比基本型略为便宜，如图 8-35 所示。显示器可以用来显示输入量和过程块的当前值，比如定时器、计数器以及信息文本（4 行，每行 12 个字符，或者逐字显示:24 字符）。

图 8-35　LOGO! 230RC 无显示单纯型
以及带显示的基本型

**2. 输入连接的特殊点**

对于 LOGO! 230，输入端可以分为组，每组 4 个输入端，必须保证各组必须有相同的相。不同组的相可以不同。在安装方面，按键通常配有辉光灯。流过辉光灯的电流对于 LOGO! 控制器输入端来说，认为是 "1" 信号。为保证信号能被正确的处理，需要在输入端子和 N 端子之间接入 X 电容，电容的容量为 100nF(2.5kV)。接入电容的目的是消除封闭电流。当使用两线制接近传感器(NAMUR 传感器)时，该措施同样必要，如图 8-36 所示。

**3. LOGO！12/24RC(o) 以及 24 的特殊点**

（1）高速输入端

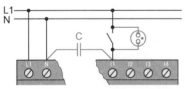

图 8-36　使用带有辉光灯按键
的 LOGO! 230 的输入电路

标准的 LOGO! 控制器输入端的频率可以高达 5Hz。但在实际中可能会产生更高的频率，比如，用风速仪测量风速时需要对时钟脉冲进行测量，或者对急速通过传感器的被输送工件进行计数。输入点 I5 和 I6 是所谓的高速输入点，可以处理(如 0BA6 的 I3 ～ I6)高达 2kHz 的频率。

**! 注意**：为了能在仿真时测试这样的信号，可以在输入点的属性中选择 "Frequency(频率)"。

（2）模拟量输入端

输入端 I7 及 I8(对于 0BA6 也包括 I1 及 I2)可以被用于数字量输入或者模拟量输入(I7 = AI1，I8 = AI2，对于 0BA6，I1 = AI3，I2 = AI4，不包括 230V 型的装置)。在此情况下，读出的信息是解释为数字量输入还是模拟量输入，是由程序中的编号确定的。如果输入点 I7 是以编号 I7 被处理的，则输入信息为数字量；如果在程序中使用 AI1，则输入点 I7 上的信号被当做模拟量处理。程序中使用了 AI1，则不能再出现 I7(在连接名表中输入 "reserved for AI1"（为 AI1 预留))。如果有模拟量模块，编号要以 AI3 或 AI5 开始并继续(注意程序属性的组态)。所有模拟量传感器必须连接到同一电源上，此电源同时为 LOGO! 控制器供电。LOGO 控制器的技术数据见表 8-8。

表 8-8　LOGO! 控制器的技术数据

|  | LOGO! 12/24RC...RCo | LOGO! 24RC...RCo | LOGO! 24....o |
| --- | --- | --- | --- |
| 输入电压 | DC 12/24V | AC/DC 24V | DC 24V |
| 许可电压范围 | DC 10.8～28.8V | AC 20.4～26.4V<br>DC 20.4～28.8V | DC 20.4～28.8V |
| 许可工作频率 |  | 47～63Hz |  |
| 电源反接保护 | 有 |  | 有 |
| 电流消耗 | DC 12V：60～175mA<br>DC 24V：40～100mA | AC 24V：45～130mA<br>DC 24V：40～100mA | 每路输出 0.3A |
| 电压故障缓冲 | 12V：典型值 2ms<br>24V：典型值 5ms | 典型值 5ms |  |
| 实时时钟 | 有 | 有 | 无 |
| 数字量输入 |  |  |  |
| 点数 | 8 | 8 | 8 |

（续）

| | LOGO！12/24RC...RCo | LOGO！24RC...RCo | LOGO！24...o |
|---|---|---|---|
| 输入电压 L+<br>● "0" 信号<br>● "1" 信号 | < DC 5V<br>> DC 8.5V | < AC/DC 5V<br>> AC/DC 8.5V | < DC 5V<br>> DC 8V |
| 输入电流<br>● "0" 信号<br><br>● "1" 信号 | < 0.85mA(I1~I6)<br>< 0.05mA(I1、I2、I7、I8)<br>> 1.5mA(I1~I6)<br>> 0.1mA(I1、I2、I7、I8) | < 1.0mA<br><br>> 2.5mA | < 1.0mA(I1~I6)<br>< 0.05mA(I1、I2、I7、I8)<br>> 1.5mA(I1~I6)<br>> 0.1mA(I1、I2、I7、I8) |
| 高速输入点 | I1~I6 | 无 | I1~I6 |
| 模拟量输入 | | | |
| 点数 | 4(I1 = AI3, I2 = AI4<br>I7 = AI1, I8 = AI2) | | 4(I1 = AI3, I2 = AI4<br>I7 = AI1, I8 = AI2) |
| 范围 | 0~10V<br>（输入阻抗为72Ω） | | 0~10V<br>（输入阻抗为72Ω） |
| 最大输入电压 | 28.8V | | 28.8V |
| 数字量输出 | | | |
| 点数 | 4 | 4 | 4 |
| 输出类型 | 继电器输出 | 继电器输出 | 晶体管，切换到P电位* |
| 输出电压 | 悬浮 | 悬浮 | 每路在最大为0.3A电流<br>时，为电源电压 |
| 连续电流 $I_{th}$ | 每个继电器最大为10A | 每个继电器最大为10A | （短路电流限定为1A） |
| 开关频率 | | | |
| 机械 | 10Hz | 10Hz | |
| 电气 | | | 10Hz |
| 电阻负载/灯负载 | 2Hz | 2Hz | 10Hz |
| 感性负载 | 0.5Hz | 0.5Hz | 0.5Hz |

＊当接通 LOGO！24 和 LOGO！24o 的电源时，会在数字量输出点上出现50ms的 "1" 信号。当使用对快速脉冲有响应的设备时，必须考虑这一点。

LOGO！230RC 及 RCo 的技术数据见表8-9。

表8-9 LOGO！230RC 及 RCo 的技术数据

| | LOGO！230RC...RCo | | LOGO！230RC...RCo |
|---|---|---|---|
| 输入电压 | AC/DC 115~240V | 输入电流<br>● "0" 信号<br>● "1" 信号 | <br>< 0.03mA<br>> 0.08mA |
| 许可电压范围 | AC 85~265V<br>DC 100~253V | 高速输入点 | 无 |
| 许可工作频率 | 47~63Hz | 模拟量输入 | |
| 电源反接保护 | 有 | 点数 | 0 |
| 电流消耗 | AC 115V：10~40mA<br>AC 240V：10~25mA<br>DC 115V：5~25mA<br>DC 240V：5~15mA | 范围<br>最大输入电压<br>数字量输出 | |
| 电压故障缓冲 | AC/DC 115V：典型值10ms<br>AC/DC 240V：典型值20ms | 点数<br>输出类型 | 4<br>继电器型输出 |
| 实时时钟 | 有 | 输出电压 | 悬浮 |
| 数字量输入 | | 连续电流 $I_{th}$ | 每个继电器最大为10A |
| 点数 | 8 | 开关频率 | |
| 输入电压 L+<br>"0" 信号<br>"1" 信号 | < AC 40V<br>< DC 30V<br>> AC 79V<br>> DC 79V | 机械<br>电气<br>电阻负载/灯负载<br>感性负载 | 10Hz<br><br>2Hz<br>0.5Hz |

LOGO！12/24RC 和 24 的输入→如图 8-37所示。

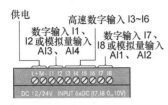

图 8-37　LOGO！12/24RC
和 24 的输入

#### 8.2.2.2　扩展模块

使用不同的扩展模块，可以增加基本装置的输入和输出点数量。根据需求，可以给

AS-i 总线或 EIB/KNX 补充数字量输入点、输出点以及模拟量输入、输出点，同时也包括通信模块（CM）。模块通过滑板连接且机械锁定①，而且可以实现内部通信。如图 8-38所示，只有某些特定的组合是可行的，见表 8-10。

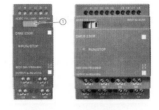

图 8-38　机械锁定

表 8-10　可行的组合

| LOGO！控制器类型 | 扩 展 模 块 | | | | | |
|---|---|---|---|---|---|---|
| | DM8 12/24R，DM16 24R | DM8 24，DM16 24 | DM8 24R | DM8 230R，DM16 230R | AM2，AM2 PT100，AQ | CM |
| 12/24RC… | × | × | × | | × | × |
| 24… | × | × | × | | × | × |
| 24RC… | × | × | × | | × | × |
| 230RC… | | | | × | × | × |

通用的准则：数字量模块只能在相同的电压等级下使用。

为实现模块与基本装置的最佳通信，制造厂推荐以下安装顺序：基本装置—数字量模块—模拟量模块—通信模块，如图 8-39 所示。

LOGO！控制器扩展模块 DM8 12/24R、

DM8 24R 及 DM16 24R 的技术数据见表 8-11。

图 8-39　装置及模块的最佳顺序

表 8-11　LOGO！控制器扩展模块 DM8 12/24R、DM8 24R 及 DM16 24R 的技术数据

| | DM8 12/24R | DM8 24R | DM16 24R |
|---|---|---|---|
| 输入电压 | DC 12/24V | AC/DC 24V | DC 24V |
| 许可电压范围 | DC 10.8～28.8V | AC 20.4～26.4V<br>DC 20.4～28.8V | DC 20.4～28.8V |
| 许可工作频率 | | 47～63Hz | |
| 电源反接保护 | 有 | | 有 |
| 电流消耗 | DC 12V：30～140mA<br>DC 24V：20～75mA | AC 24V：40～110mA<br>DC 24V：20～75mA | 30～90mA |
| 电压故障缓冲 | 12V：典型值2ms<br>24V：典型值5ms | 典型值5ms | 典型值5ms |
| 实时时钟 | 有 | 有 | 有 |
| 数字量输入 | | | |
| 点数 | 4 | 4 | 4 |
| 输入电压 L+<br>● "0" 信号<br>● "1" 信号 | <br>< DC 5V<br>> DC 8.5V | <br>< AC/DC 5V<br>> AC/DC 12V | <br>< AC/DC 5V<br>> AC/DC 12V |

（续）

| | DM8 12/24R | DM8 24R | DM16 24R |
|---|---|---|---|
| 输入电流<br>● "0" 信号<br>● "1" 信号 | <0.85mA<br>>1.5mA | <1.0mA<br>>2.5mA | <1.0mA<br>>2.0mA |
| 高速输入点 | 无 | 无 | 无 |
| 模拟量输入 | 无 | 无 | 无 |
| 数字量输出 | | | |
| 点数 | 4 | 4 | 4 |
| 输出类型 | 继电器型 | 继电器型 | 继电器型 |
| 输出电压 | 悬浮 | 悬浮 | 悬浮 |
| 连续电流 $I_{th}$（每个点） | 每个继电器最大为5A | 每个继电器最大为5A | 每个继电器最大为5A |
| 开关频率 | | | |
| 机械 | 10Hz | 10Hz | 10Hz |
| 电阻负载/灯负载 | 2Hz | 2Hz | 2Hz |
| 感性负载 | 0.5Hz | 0.5Hz | 0.5Hz |

**1. 继电器型输出的开关能力及寿命**

由于有机械接触以及所使用的材料，继电器触点的寿命极大地依赖于负载电流。图8-40所示的两条曲线为不同负载性质（电阻性/电感性）下开关电流对于寿命的影响。由曲线可以看出，对于感性负载（如电动机），负载电流为 0.8A 时，寿命大约为600000 个工作循环①；而电流为 2.5A 时，寿命只有230000 个工作循环②。

LOGO! 控制器扩展模块 DM8 24、DM16 24 以及 DM8 230R 和 DM16 230R 的技术数据见表8-12。

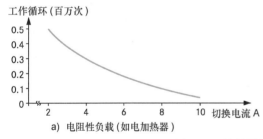
a) 电阻性负载（如电加热器）

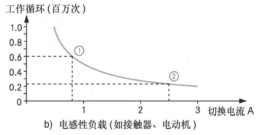
b) 电感性负载（如接触器、电动机）

图 8-40  接触器的开关能力及寿命

**表 8-12  LOGO! 控制器扩展模块 DM8 24、DM16 24 以及 DM8 230R 和 DM16 230R 的技术数据**

| | DM8 24/DM16 24 | DM8 230R | DM16 230R |
|---|---|---|---|
| 输入电压 | DC 24V | AC/DC 115～240V | AC/DC 115～240V |
| 许可电压范围 | DC 20.4～28.8V | AC 85～265V<br>DC 100～253V | AC 85～265V<br>DC 100～253V |
| 许可工作频率 | | 47～63Hz | 47～63Hz |
| 电源反接保护 | 有 | | |
| 电流消耗 | 30～45mA<br>0.3A 每路输出 | AC 240V：10～20mA<br>DC 240V：5～10mA | AC 240V：10～40mA<br>DC 240V：5～10mA |
| 电压故障缓冲 | | AC/DC 115V：典型值10ms<br>AC/DC 230V：典型值20ms | AC/DC 115V：典型值10ms<br>AC/DC 230V：典型值20ms |
| 数字量输入 | | | |
| 点数 | 4/8 | 4 | 8 |
| 输入电压 L+<br>● "0" 信号<br><br>● "1" 信号 | <DC 5V<br><br>>DC 8V | <AC 40V<br><DC 30V<br>>AC 79V<br>>DC 79V | <AC 40V<br><DC 30V<br>>AC 79V<br>>DC 79V |

（续）

| | DM8 24/DM16 24 | DM8 230R | DM16 230R |
|---|---|---|---|
| 输入电流<br>● "0" 信号<br>● "1" 信号 | <1.0mA<br>>1.5mA | <0.03mA<br>>0.08mA | <0.03mA<br>>0.08mA |
| 高速输入点 | 无 | 无 | 无 |
| 模拟量输入 | 无 | 无 | 无 |
| 数字量输出 | | | |
| 点数 | 4/8 | 4 | 8 |
| 输出类型 | 晶体管型，切换到 P 电位* | 继电器型 | 继电器型 |
| 输出电压 | ≤电源电压 | 悬浮 | 悬浮 |
| 连续电流 $I_{th}$（每个点） | 最大为 0.3A | 每个继电器最大为 5A | 每个继电器最大为 5A |
| 开关频率 | | | |
| 机械 | | 10Hz | 10Hz |
| 电气 | 10Hz | | |
| 电阻负载/灯负载 | 10Hz | 2Hz | 2Hz |
| 感性负载 | 0.5Hz | 0.5Hz | 0.5Hz |

＊当接通 LOGO！24 和 LOGO！24o 的电源时，会在数字量输出点上出现 50ms 的 "1" 信号。当使用对快速脉冲有响应的设备时，必须考虑这一点。

## 2. 模拟量模块

很多传感器都输出模拟量供后续处理，这些标准化的值可以由 LOGO！12/24RC... 以及 LOGO！24 的模拟量输入端 I7 和 I8 或由模拟量模块 AM2 读入，然后进行处理。AM2 的每路输入有 3 个端子，如图 8-41 所示：

图 8-41　AM2 模块

● I1：相对于 M1 为 0 ~ 20mA 的信号输入。

● M1：模拟量输入 1 的地。

● U1：相对于 M1 为 0 ~ 10V 的信号输入。

表 8-13　LOGO！AM2 的技术数据

| | AM2 |
|---|---|
| 输入电压 | DC 12 ~ 24V |
| 许可电压范围 | DC 10.8 ~ 28.8V |
| 电流消耗 | 25 ~ 50mA |
| 电压故障缓冲 | 典型值 5ms |
| 模拟量输入 | |
| 点数 | 2 |
| 类型 | 单极性 |
| 输入范围 | 0 ~ 10V（输入阻抗 76Ω） |
| | 或 0 ~ 20mA（输入阻抗 <250Ω） |
| 分辨率 | 10 位（标准化为 0 ~ 1000） |
| 误差限 | ±1.5% |
| 模拟量输出 | 无 |

LOGO！AM2 的技术数据见表 8-13。

模拟量模块 AM2 PT100 用来处理由 Pt00 热电阻（参见第 8.1.3.9 节）记录的温度值。用此模块，Pt100 电阻可以直接连接到端子 M1 + 和 M1 - 上，无需外接电源。通常采用三线制来抑制电缆长度的影响。这时需要将第三条线连到 IC1。对于两线制来说，IC1 必须连接到 M1 +，如图 8-42 所示。

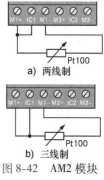

图 8-42　AM2 模块与 Pt100 的连接

LOGO！AM2 PT100 的技术数据见表 8-14。

模拟量模块 AM2 AQ 主要用来控制模拟量型最终控制元件。该模块带有两路模拟量输出（0 ~ 10V），如图 8-43 所示。该模块与模拟量输入以及特殊功能一起可以编程为一个控制环来控制通风机的软起动。需要注意的是，连接到该输出端的设备的输入电阻（负载电阻）必须大于 5kΩ。

表 8-14 LOGO! AM2 PT100 的技术数据

| | AM2 PT100 | | AM2 PT100 |
| --- | --- | --- | --- |
| 输入电压 | DC 12/24V | 测量范围 | − 50 ~ + 250℃ |
| 许可电压范围 | DC 10.8 ~ 28.8V | | − 58 ~ + 392℉ |
| 电流消耗 | 25 ~ 50mA | 特性的线性化 | 无 |
| 电压故障缓冲 | 典型值 5ms | 误差限 | |
| 传感器输入 | | 0 ~ + 200℃ | ± 1.0% |
| 点数 | 2 | − 50 ~ + 200℃ | ± 1.5% |
| 类型 | Pt00 热电阻 | | |
| 传感器连接 | ● 两线制<br>● 三线制 | 电缆长度 | 10m |

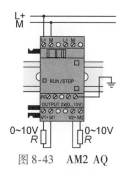

图 8-43 AM2 AQ

LOGO! AM2 AQ 的技术数据见表 8-15。

表 8-15 LOGO! AM2 AQ 的技术数据

| | AM2 AQ |
| --- | --- |
| 输入电压 | DC 12/24V |
| 许可电压范围 | DC 10.8 ~ 28.8V |
| 电流消耗 | 25 ~ 50mA |
| 电压故障缓冲 | 典型值 5ms |
| 模拟量输出 | |
| 点数 | 2 |
| 输出范围 | 0 ~ 10V |
| 负载电阻 | 5kΩ |
| 分辨率 | 10 位(标准化为 0 ~ 1000) |
| 误差限 | ± 2.5% |
| 短路保护 | 有 |
| 电缆长度 | 10m(屏蔽双绞电缆) |

### 8.2.2.3 通信模块 CM EIB/KNX

在办公区，楼宇自动化系统的电气安装要实现柔性最大化。所有的传感器、控制元件和执行器都通过一条(附件的)二芯总线电缆连接在一起。信息通过电缆传输到相应的总线设备上。因此，每个总线设备必须分配一个地址。执行器所需的电源则由第二条电缆连接。

CM EIB/KNX 模块如图 8-44 所示。

在这种总线系统中，映像处理的复杂性相当的低，因为一个触点只分配以一个特定的功能，如开启一组灯。更加全面的逻辑操作可以在 LOGO! 控制器中完成。有了通信模块 CB EIB/KNX 就可以使 LOGO! 控制器与 EIB 通信，这样 LO-GO! 控制器就可以读入数据或送出数据。CM EIB/KNX 的技术参数见表 8-16。

图 8-44 CM EIB/KNX 模块

表 8-16 LOGO! CM EIB/KNX 的技术数据

| | CM EIB/KNX | | CM EIB/KNX |
| --- | --- | --- | --- |
| 输入电压 | AC/DC 24V | 编程 | 编程按钮 S1 用于地址设定 |
| 许可电压范围 | AC 20.4 ~ 26.4V<br>DC 20.4 ~ 28.8V | 接线 | |
| | | LOGO! 控制器连接 | 1 类接口(12 ~ 24V) |
| 电流消耗 | 最大为 25mA(5mA 经由总线) | | 2 类接口( > 115V) |
| 数据传输速率 | 9600 位/s | 总线连接 | 2 针，螺钉端子 |
| 显示及控制元件 | | 输入及输出 | |
| LED "RUN/STOP"<br>(运行/停止) | 绿色 CM 与基本装置通信<br>红色 无通信<br>橙色 初始化<br>熄灭 无电压 | 数字量输入，虚拟 | 最多 16 个 |
| | | 模拟量输入，虚拟 | 最多 8 个 |
| | | 数字量输出，虚拟 | 最多 12 个 |
| | | 特殊数据 | |
| LED "BUS(总线)" | 绿色 良好<br>红色 总线错误<br>橙色 编程模式 | | 最多 64 组地址 |
| | | | 最多 64 个关联 |

在 EIB 系统中，使用 ETS 软件(EIB Tool Software "EIB 工具软件")可以用来编址。为此目的，LOGO！控制器应用程序(包含在附件中)必须导入到 ETS 中，这样才能够定义所需的参数。

### 1. CM AS-i

AS-i 总线主要用于环境恶劣的工业自动化中。该总线使用双芯电缆进行供电和传输信息。与 EIB 系统在编程时使用软件分配从站地址的方式不同，AS-i 总线也可以在设备安装到总线上之前，使用编程装置给 AS-i 设备定义地址。CM AS-i 的技术参数见表 8-17。

### 2. 输入/输出

使用通信模块后，可编址的输入和输出的地址依赖于实际存在的输入/输出点。假如 LOGO！控制器配以 DM8 扩展模块后具有 12 个 DI 和 8 个 DO，则第一个虚拟输入点会是 I13，第一个虚拟输出点会是 Q9。

**表 8-17　LOGO！CM AS-i 的技术数据**

| CM AS-i | | CM AS-i | |
|---|---|---|---|
| 输入电压 | DC 24V | 接线 | |
| 许可电压范围 | DC 19.2 ~ 28.8V 带电源反接保护 | LOGO！控制器 | 1 类接口(12 ~ 24V) |
| 电流消耗 | 最大为 70mA | 连接 | 2 类接口(>115V) |
| 显示及控制元件 | | 总线连接 | 2 针，螺钉端子 |
| LED "RUN/STOP (运行/停止)" | 绿色　CM 与基本装置通信 | 输入及输出 | |
| | 红色　无通信 | 数字量输入 | 4(实际存在的 DI 之后的 4 个输入) |
| | 橙色　初始化 | 模拟量输入 | 无 |
| | 熄灭　无电压 | 数字量输出 | 4(实际存在的 DO 之后的 4 个输出) |
| LED "AS-i" | | 模拟量输出 | 无 |
| | 绿色　AS-i 通信良好 | I/O 组态 | 7(十六进制) |
| | 红色　AS-i 通信错误 | ID 编码 | F(十六进制) |
| | 闪动　从站地址为 "0" | ID1 编码 | F(十六进制，默认设定，0 ~ F 可变) |
| | 熄灭　无电压 | ID2 编码 | F(十六进制) |

## 8.3　电动机控制单元

在自动化技术应用中，经常需要控制不同功率的电动机。根据应用的不同，可使用不同的方法。

### 1. 用接触器控制

通常，将额定电流低于 10A 的执行器直接连接到 LOGO！控制器的继电器输出上。但是由于继电器的寿命极大地取决于其负载性质，因此当电流通过大约 1A 时，需要使用接触器进行切换。现已经开发出了用于噪声敏感区域(楼宇安装)的 LOGO！控制器专业无冲击接触器。在方向变换的应用中，使用接触器是必需的。附加的互锁电路可以避免两个旋转方向同时接通①，如图 8-45 所示。这种机械互锁避免了两个接触器同时接

通，同时也保证在故障时会有一个保持吸合。

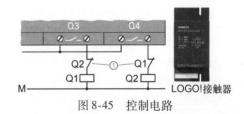

图 8-45　控制电路

对于改变旋转方向，通常使用三相电动机(异步电动机)，因为只需要改变主回路的两相②就可以改变旋转方向，如图 8-45 所示。同时给两个主接触器通电会引起短路。

如图 8-46 所示，也可以控制直流电动机改变旋转方向。

### 2. 变频器

电动机的旋转频率可以以不同的方式改变。在强调柔性的场合中，需要使用变频器

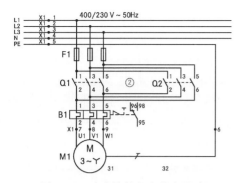

图 8-46　改变旋转方向的主回路

（见图 8-47、图 8-48 所示）。变频器的工作依据这样一个事实：三相电动机的旋转频率取决于电压频率和电压的高低。

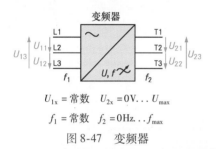

$U_{1x} =$ 常数　$U_{2x} = 0V\ldots U_{max}$

$f_1 =$ 常数　$f_2 = 0Hz\ldots f_{max}$

图 8-47　变频器

电动机的大部分特性及值可以被变频器所影响：

● 旋转频率上升至设定点过程的斜坡功能；

● 不同的旋转频率可以编程输入或手工输入；

● 减速斜坡（电动机制动）；

图 8-48　带控制面板的变频器

● 电流限制；

● 转差控制；

● 转向变换等。

控制可以通过数字量或模拟量输入或通过总线实现（如 Profibus 或 Profinet）。

利用数字量输入，可以选定预先编程到变频器中的操作值。如果接有检测电动机转动频率的编码器，则可以通过变频器检测这些量值（设定值与实际值的对比）。通过模拟量输入，标准化的模拟信号（$0\sim10V$ 或 $4\sim20mA$）可以用来直接控制旋转频率。对于这点，旋转频率

的限制值被编入变频器中。输入点处的模拟量值被变换为特定的旋转频率。

通过 LOGO! 控制器的模拟量输出 AQ2，LOGO! 可以作为控制器对电动机的旋转频率进行控制。

! 注意：LOGO! 控制器与变频器之间的电缆必须屏蔽。因为变频器和电动机的电缆会对信号产生干扰（EMC 问题）。

## 8.4　气电对象

由于使用压缩空气驱动的执行器很容易产生位移，因而在自动化工程中经常使用气电对象。使用压缩空气可以很容易地控制输出力，而直线位移也可以简单地实现。首先看图 8-49 中的气动元件以及后续的描述。

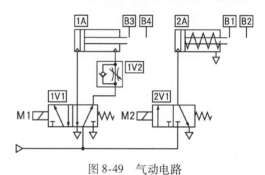

图 8-49　气动电路

根据它们的功能，气缸被分为双作用和单作用。

对于单作用气缸（见图 8-50a），活塞只在一个方向上承受气压。这一过程会压缩一根弹簧，此端受压的空气会从排气口排出。如果活塞要回到原始位置，则压缩空气必须被排放掉（减压）。活塞在弹簧的推动下返回原始位置（返回行程，如图 8-51 所示）。因此这种气缸只有在"前进行程"才承受压缩空气的压

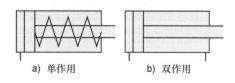

a）单作用　　b）双作用

图 8-50　气缸的气路符号

力；而返回行程由弹簧完成（弹簧只是单向作用）。由此，这种气缸主要用在从输送带上推下工件，因为这时只需要单向的力。

双作用气缸（见图 8-50b）的返回行程同样由压缩空气的力实现，因此需要第二条气路连接，如图 8-51b 所示。由于无需复位弹簧，所以用双作用气缸可以实现更大的行程。

对于任何一种气缸，无论运动的方向如何，进气和排气的气路不会改变。通过阀可以实现气流方向的切换。

**1. 电磁阀**

电磁阀是由电磁力激励的气压阀。它连接（电的）控制器和气动执行器。因此，人们将这种控制器称为电磁控制器。

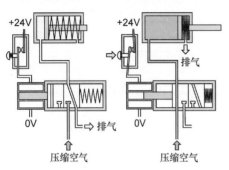

a）二位三通阀与单作用
气缸构成的气路

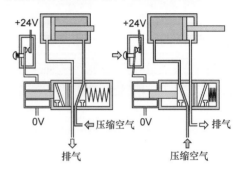

b）二位五通阀与双作
用气缸构成的气路

图 8-51　示意图

根据要控制的是单作用气缸，还是双作用气缸，阀必须有一个或两个压力接口。

**2. 二位三通阀**

图 8-52 所示为二位三通阀的符号。"位"指的是切换的位置。标识 3/2（二位三通）表示该阀有 3 个连接口和 2 个切换位置。连接口根据功能进行编号：

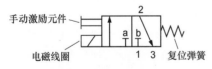

图 8-52　带手动激励元件的
二位三通阀的符号

1：压缩空气（P）；
2：出口（A）—连接到气缸；
3：排气（R）。

位由 a（受激励切换位置）和 b（复位位置）标识。手动激励元件可以用来对阀进行控制。

阀在每个方向上都永远只需要一个激励元件。图 8-52 中，阀由电磁线圈或手动切换，由复位弹簧复位。也可以用电磁线圈取

代复位弹簧。

功能：在复位位置（b），电磁线圈是不通电的。因此，从 1（压缩空气）到 2（出口）的通道被堵塞，出口（2）通过 3 排气。

在切换位置（a），电磁线圈处于通电状态。图 8-52 中左边的矩形可以理解为阀芯移动后的连接位置。压缩空气可以从入口 1 到出口 2，排气口 3 被堵塞。二位三通阀用来控制单作用气缸。

**3. 二位五通阀**

图 8-53 所示为二位五通阀的符号。二位五通阀用来控制双作用气缸，如图 8-51b 所示，在此需要变换气路的连接。

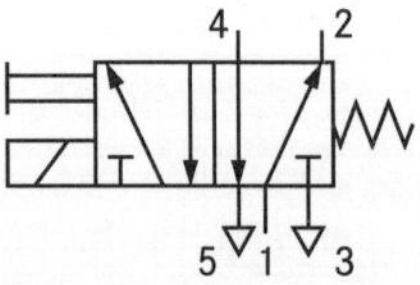

图 8-53　二位五通阀

根据阀芯的位置，压缩空气被连接到某一气路，另一气路则处于排气状态。

**4. 电路图中的表示**

在电路图中，阀的表示独立于其实际功能，使用电路设计中的符号（电磁线圈）和阀的符号（见图 8-54）。它是电气系统与气

动系统之间的接口。

### 5. 单向节流阀

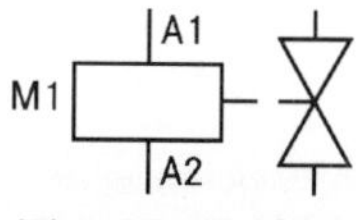

通过单向节流阀（见图 8-55）可以实现气缸不同的行程速度。这种阀通常是直接接在气缸的出

图 8-54　电路图中阀的符号

口，它使得压缩空气可以不受阻碍地流过，而限制（减少）排气的流动。这可以防止由于活塞杆负载变化造成的工作不平稳。单向节流阀的节流口的大小可以由螺钉调节。如果前进行程需要减速，则该阀需要装在前进行程的进气口；如果返回行程需要减速，则装在返回行程的进气口。

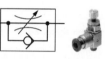

图 8-55　单向节流阀

### 6. 电路图中的标识

气动设备中的每个元件都有随附的标识，见表 8-18，包括：

表 8-18　气动元件的标识

| 标 识 字 符 | 元 件 | 举 例 |
| --- | --- | --- |
| P | 泵、压缩机 | 往复式压缩机 |
| A | 驱动元件 | 气缸 |
| V | 其他阀类 | 单向节流阀 |

- 线路号码；
- 元件类型的标识；
- 连续的元件号码。

线路号码 0 预留给电源元件。在例子中省去了电源元件。

举例：

1V2：线路 1；V：阀，元件 2

### 7. 气动电路的功能描述（见图 8-49）

如果电磁线圈 M1 通电，压缩空气经由受激的阀 1V1 为气缸 1A 供气。气缸 1A 的排气由单向节流阀 1V2 减速，因此气缸 1A 慢速伸出。气缸排出的空气经过阀 1V2 排出。当活塞到达其端点位置时，传感器 B4 被激励。如果 M1 断电，阀 1V1 在复位弹簧的力的作用下返回其原始位置，这时进气会将气缸 1A 的活塞压回其原始位置。该过程的排气经由阀 1V1 实现。当回到端点位置时，传感器 B3 被激励。

如果阀 2V1 由电磁线圈 M2 切换，则压缩空气流经受激的阀 2V1 作用到单作用气缸 2A。这时气缸伸出，当到达端点位置时，传感器 B2 被激励。如果流经 M2 的电流停止，阀 2V1 由弹簧力复位到其原始位置，此前气缸的供气管路处于排气位置。因此气缸 2A 在复位弹簧的推力的作用下返回其原始位置。排气过程经由阀 2V1 实现。当气缸 2A 返回其端点位置时，传感器 B1 被激励。

# 9 逻辑运算

## 9.1 表达方法

信息可以用不同的方法连接在一起。在自动化工程中，不同部分所使用的表达方法可能不同。现在用或逻辑运算进行说明。

### 1. 或运算

在或运算中要输出为"1"信号，至少要有一个输入信号必须为"1"。

### 2. 电路

在分立电路表述中，如图 9-1 所示，或逻辑由两个并联的按钮 S1 和 S2 组成。可以通过分别按动两个按钮来分析其功能。

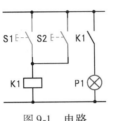

图 9-1　电路

如果按动按钮 S1 或 S2，接触器 K1 会得电。这会引起 K1 的常开触点闭合，进而使信号灯 P1 点亮。

### 3. 梯形图

梯形图（见图 9-2）与电路相似，但是沿着逆时针方向转了 90°。输入信号由方括号表示，输出信号由圆括号表示。在 LOGO! Soft Comfort 软件中，方括号仅显示为平行线。

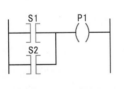

图 9-2　梯形图

### 4. 逻辑符号

图 9-3 所示的符号代表或逻辑。"≥1"符号（用文字说明：大于或等于1）可以理解为：如果一个或几个输入端为"1"信号，会引起输出为"1"。

图 9-3　逻辑符号

### 5. 气动电路图

在气动回路中，如图 9-4 所示，或逻辑由梭阀（1V1）产生。如果两位三通阀 1S1 或 1S2 处于受激励状态，压缩空气会通过梭阀 1V1 进入单作用气缸 1A。相应的未激励的输入会被堵塞。符号中的圆表示阀中有一个球。

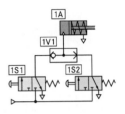

图 9-4　气动电路图

### 6. 信号/时间图

在信号/时间图中，信息源被表述为对于时间的响应。由于信息（本例中为按钮 S1 和 S2）以及逻辑运算的结果（本例中为信号灯 P1）对应布置，所以可以清楚地看出它们的依赖关系。当把图形分为时间段时，结果变得非常简单，如图 9-5 所示。

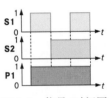

图 9-5　信号/时间图

### 7. 真值表

表 9-1 为真值表，通过电平清楚地描述了它们之间的关系：1 为闭合，0 为断开。真值表的读法如下：

表 9-1　真值表

| S2 | S1 | P1 |
|----|----|----|
| 0 | 0 | 0 |
| 0 | 1 | 1 |
| 1 | 0 | 1 |
| 1 | 1 | 1 |

第一行：S1、S2 断开 → P1 不点亮
　　　　（S1 = 0, S2 = 0, P1 = 0）
第二行：S1 闭合，S2 断开 → P1 点亮
　　　　（S1 = 1, S2 = 0, P1 = 1）
第三行：S1 断开，S2 闭合 → P1 点亮
　　　　（S1 = 0, S2 = 1, P1 = 1）

第四行：S1 闭合，S2 闭合 → P1 点亮

$$(S1 = 1, S2 = 1, P1 = 1)$$

信号输入端的所有组合都被列于表中。在本例中，两个输入端可以有 $2^2 = 4$ 个组合，3 个输入端可以有 $2^3 = 8$ 个组合，4 个输入端可以有 $2^4 = 16$ 个组合等。

真值表中经常用小写字母表示输入变量，最前面的几个字母表示输入，最后面的表示输出。

### 8. 方程式

除了已经讨论过的方法之外，逻辑运算也可以用方程式表述。P1 = S1 ∨ S2 在这种情况下，两个输入变量由逻辑或符号"∨"连接。在文字上，通常使用" + "，而非"∨"。上述方程式读作："P1 等于 S1 或 S2"。

## 9.2 基本逻辑运算

### 1. 与逻辑运算

只有当所有输入端均为"1"状态时，与逻辑运算的结果才为"1"状态，如图 9-6所示。

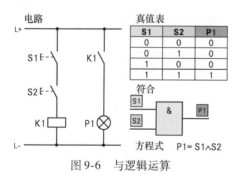

图 9-6 与逻辑运算

注：逻辑运算符号非常容易记忆：& 符号就表示"与"。方程式读作："P1 等于 S1 与 S2"。

### 2. 非逻辑运算

如果"1"信号出现在非运算的输出端，则其输出端为"0"，反之亦然。即输入信号被取反。

信号状态被非操作反向，因此通常也被称为取反。取反操作的符号为：逻辑操作符的输出端上有一个圆圈，如图 9-7 所示。

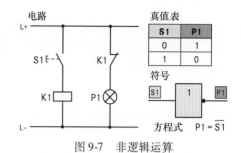

图 9-7 非逻辑运算

逻辑方程式中，取反运算由输入变量上面的一条短线表示，如图 9-7 所示。

方程式读作："P1 不等于 S1"或"P1 等于 S1 的取反"（没有标准模式）。

### 3. 与非逻辑运算

只有当全部输入端均为"1"状态时，与非运算的输出才为"0"状态，如图 9-8 所示。该运算可以由两个已知的运算实现。

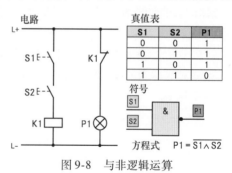

图 9-8 与非逻辑运算

如果将此处的真值表同与运算作比较，就可以清楚地看出，此处输出信息是与操作的取反。因此，可以将与非运算拆分为与运算以及与运算输出端所连接的非运算，如图 9-9 所示。

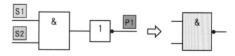

图 9-9 与非逻辑运算包含与运算和非逻辑运算

由于这类运算非常常用，因此赋予了简单的符号：输出端的取反，简单地由一个圆圈表示。方程式读作："P1 等于 S1 与 S2 的

非”或“P1 等于 S1 与 S2，完成后取反”。

**4. 或非逻辑运算**

如果一个或多个输入端的状态为“1”，则或非逻辑运算的输出为“0”状态。或非运算可以像与非逻辑运算那样由或运算和非运算组合而成。其简化符号如图9-10 所示。方程式读作：“P1 等于 S1 或 S2 的非”或“P1 等于 S1 或 S2，完成后取反”。

真值表

| S1 | S2 | P1 |
|---|---|---|
| 0 | 0 | 1 |
| 0 | 1 | 0 |
| 1 | 0 | 0 |
| 1 | 1 | 0 |

方程式 $P1=\overline{S1 \vee S2}$

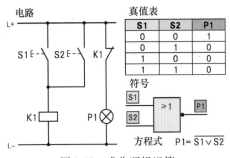

图 9-10 或非逻辑运算

**5. 带边缘触发的与运算**

只有当所有的输入端均为“1”状态，并且至少有一个输入端在上一个程序周期中出现了从“0”状态到“1”状态的跳跃，带边缘触发与运算的输出才为“1”状态，如图 9-11 所示。它被用于顺序电路中。向上指的箭头表示从“0”到“1”的正跳沿。

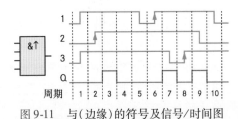

图 9-11 与(边缘)的符号及信号/时间图

**6. 带边缘触发的与非运算**

像带边缘触发的与运算一样，该运算同样依据状态的变化而起作用。但是，符号中向下的箭头表示只有负跳沿(从“1”到“0”的状态变化)才起作用，如图 9-12 所示。当至少有一个输入端呈现“0”状态，并且在上一个周期里所有的输入端均为“1”状态时，输出为“1”状态。

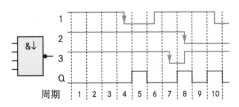

图 9-12 与非(边缘)的符号及信号/时间图

**7. XOR(异或运算)**

只有当输入状态不同(不相等)时，异或的输出为“1”状态。对此，由真值表可以清楚地看出，如图 9-13 所示。

| I1 | I2 | Q1 |
|---|---|---|
| 0 | 0 | 0 |
| **0** | **1** | **1** |
| **1** | **0** | **1** |
| 1 | 1 | 0 |

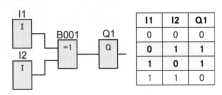

图 9-13 异或的符号及真值表

## 9.3 常量/终端

**1. (二进制)输入与模拟量输入**

数字量及模拟量输入由 LOGO! 控制器的输入端的不同表述予以标识。可以通过使用块属性用编号对它们予以改变(见图 9-14)。

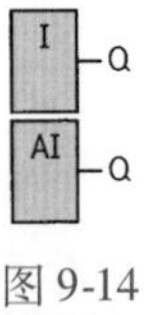

图 9-14 输入端

**2. 输出与模拟量输出**

输出由输出端的编号标识。对于模拟量输出(最多两路)，必须注意：输出的值必须在0 ~ 1000 之间(对应于 0 ~ 10V)。符号中，输出 Q 与输入具有相同的信号(见图 9-15)。

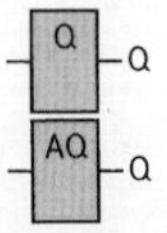

图 9-15 输出端

**3. 光标键**

LOGO! 控制器的 4 个光标键可以像普通输入一样使用。要做到如此，需要在 RUN(运行)模式下选择相关的窗口。要完成一个操作，必须同时按 ESC 键和所需的键(见图 9-16)。

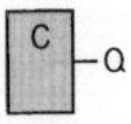

图 9-16 光标键

#### 4. TD 功能键

对于 0BA6 版本，外部文本显示器 TD 可以连接使用。除文本块之外，它同样有 4 个功能键。功能键可以像普通的键或者按钮一样在程序中予以处理。F 输入在程序中被赋予对应的键 F1～F4（见图 9-17）。

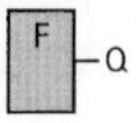

图 9-17 功能键

#### 5. 固定电平

固定电平用来产生设定的信号。"hi" 产生 "1" 状态，而 "lo" 产生 "0" 状态。比如在 PI 控制器中需要选择特定的操作模式（手动/自动）时，这点非常必要（见图 9-18）。

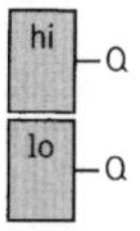

图 9-18 电平

#### 6. 移位寄存器

移位寄存器的每个状态都可以通过使用 8 位的移位寄存器的位 S1～S8 读出（参见第 9.4 节特殊功能:移位寄存器）。只有通过使用移位寄存器才能实现变化（见图 9-19）。

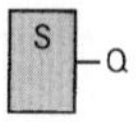

图 9-19 移位寄存器

#### 7. 开路端子

"开路端子"的功能就像输出一样，但是仅是以虚拟的状态出现在程序中。只有当一个块后面要跟随另一个块时才会用到它，比如信息文本（参见第 9.4 节特殊功能）（见图 9-20）。

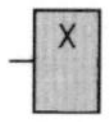

图 9-20 开放终端

#### 8. 标志

前一个程序周期的输入信号总是出现在标志位的输出上。其值在一个程序周期内不会改变。因此，其功能对应于一个没有实际端子连接的输出。它可以用于退偶方面，像递归问题（输出信号沿相同的路径连接到输入端）。数字量信号有 24 个标志（M），模拟量输入有 6 个标志（AM）。另外，M25～M27 有特殊功能。可以在对块进行参数化时给标志编号。见图 9-21。

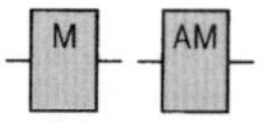

图 9-21 数字量及模拟量标志

#### 9. 启动标志 M8

标志 M8 是一个特殊的例子。它在程序的第一个周期被置位，因此可以被用在顺序程序中作为启动标志。当第一个程序周期完成后，它被自动复位。在所有其他的周期中，其响应与其他的标志一样。

#### 10. 背光照明标志 M25 和 M26

0BA6 之前的版本，背光只在文本显示期间点亮 30s，现在可以用 M25 和 M26 对背光进行直接的和永久的控制。M25 控制 LOGO! 显示器的背光照明，而 M26 控制 LOGO! TD（文本显示器）。

#### 11. 字符集标志 M27

在组态信息文本时，可以定义第二个字符集（参见第 7.6.3 节）。可以通过在程序中使用 M27 实现第二字符集的切换，并且关闭另一个字符集。这可以实现信息文本的不同语种的显示。

**程序周期**

LOGO! 控制器中的程序与 PLC 中程序的处理方式完全相同，而且是用户不可见的。输入量的映像被存储在内部。

程序以用户不可见的字符形式存储在 LOGO! 控制器中，而后逐条执行。相应的输出及逻辑运算的结果存储在内部输出存储器中。

只有当程序已经全部执行完毕之后，结果才被分配给输出点。下一个周期重新开始。如图 9-22 所示。

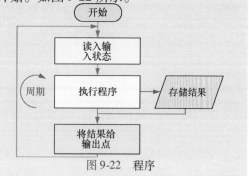

图 9-22 程序

## 9.4 特殊功能

下面所列的特殊功能可以处理时间、模拟量以及其他众多的信息。它也可以设置特定的块属性(参数)。这可以通过在 LOGO! Soft Comfort 中双击相应的块,调用 Block properties(块属性)实现。也可以在 LOGO! 控制器运行期间利用显示及输入键改变这些参数。

### 1. 保护及密码

对参数进行非授权的更改有可能损坏设备。在块属性中选择 ☑ Protection Active(激活参数保护)可以实现对其的保护。如果该项被激活,则程序只能在编辑状态下更改,在运行模式下则不行。要实现程序的完全保护,可以使用密码(File Properties(文件属性))。

### 2. 保持

保持(后面继续)的意思为电源掉电后再恢复,选定的块呈现其掉电前的状态。这点非常重要,如计数器在掉电后其值应该不被复位。

! 注意:表9-2、表9-3、表9-4、表9-5只提供快速浏览,详细描述请参见软件帮助或手册。

**表 9-2  定时器**

| 符　号 | 信号/时间图 | 解　释 |
|---|---|---|
| Trg<br>Par — Q | | 接通延时<br>　如果 Trg 输入端为"1"信号,输出端在参数化的延时时间 $T$ 过后呈现"1"状态。如果输入信号变为"0"状态,输出也呈现"0"状态 |
| Trg<br>R<br>Par — Q | | 有保持的接通延时<br>　就像接通延时一样,输出端在参数化的延时时间 $T$ 过后呈现"1"状态。但是输出由 R 输入端的"1"信号复位 |
| Trg<br>R<br>Par — Q | | 断开延时<br>　一旦输入端为"1"信号,输出端马上呈现"1"状态。如果输入信号消失,输出在参数化时间 $T$ 内仍然保持"1"信号 |
| Trg<br>Par — Q | | 接通/断开延时<br>　输入端的"1"状态跟随其上跳沿,延时一段时间后传输给输出(信号由"0"变为"1"①),并且持续直到下降沿出现,再延时一个参数化时间(信号由"1"变为"0"②) |
| Trg<br>Par — Q | | 脉宽触发继电器(脉冲输出)<br>　如果 Trg 输入端为"1"状态,输出端呈现"1"状态,并保持一个参数化时间的时长。如果输入端在参数化时间失效之前变为"0"状态,输出也呈现"0"状态③ |
| Trg<br>R<br>Par — Q | | 边缘触发的延时继电器<br>　Trg 输入端上的上升沿启动边缘触发的延时继电器参数化的延时时间。每次该输入端的上升沿会重启延时时间④ |
| En<br>Par — Q | | 随机发生器<br>　随着 En 输入端⑤上的上升沿,在经历了 0s 到参数化值 $T_H$ 之间的随机时间之后,输出呈现"1"状态。随着 En 输入端上出现的下降沿,输出端上的"1"状态会保持 0$T_L$⑥ |
| No1<br>No2<br>No3 — Q | 周定时器 | 该定时器的接通与断开取决于一星期中的日期以及时间。参数定义由 3 个独立的行"Cam"实现 |

（续）

| 符　号 | 信号/时间图 | 解　释 |
|---|---|---|
| No — MM DD — Q | 年定时器 该开关的工作取决于日期和月份 | |
| Trg — Par — Q | 楼梯照明定时器 | 楼梯照明定时器 输出 Q 由 Trg 输入端上的上升沿置位。参数化的保持时间 $T$ 由输入端的下降沿启动。如果在断开延时阶段开关被重新启动，则运行时间被复位。在关断之前可以启动预警 $T_{!L}$ 和 $T_!$ |
| Trg — R — Par — Q | 多功能开关 | 多功能开关 多功能开关是楼梯照明定时器的扩展。除上面描述的功能之外，Trg 输入端上的 "1" 信号会在参数化的时间 $T_L$ 之内启动长期照明功能（输出为 "1" 状态） |

### 表9-3　计数器

| 符　号 | 信号/时间图 | 解　释 |
|---|---|---|
| R — Cnt — Dir — Par — +/- — Q | 加/减计数器 | 加/减计数器 该计数器计数输入端 Cnt 上的上升沿。计数方向取决于 Dir( Dir =0 为加计数)。通过给接通阈值及断开阈值赋以参数，Q 输出可以相应的 "1" 或 "0" 信号。最大计数值为999。在 R 输入端出现的 "1" 信号复位计数器 |
| R — En — Ral — Par — h — Q | 运行小时计数器 该计数器记录 En 输入端出现 "1" 状态的时间。该值(参数 OT；可以预设)可以通过信息文本显示。另外，可以定义维护时间间隔(MI)。当超过维护时间间隔时，输出 Q 被置位。R 输入是对该信号的应答，它可以复位输出端和恢复定义的维护时间间隔 | |
| Fre — Par — Q | 阈值计数器 | 阈值计数器 该计数器对 Fre 输入端上连续变化的信号进行检测。如果 Fre 输入端上的频率超过了可参数化的接通频率(本例中接通频率为9Hz)，则输出 Q 被置位①。只有当 Fre 上的频率低于可参数化的关断频率时(本例中关断频率为5Hz)，输出返回 "0" 状态②。只有检测到明确的频率时，才会进行切换。所谓的门限时间可以参数化为 00∶05 ~ 99∶99s |

### 表9-4　模拟量

| 符　号 | 信号/时间图 | 解　释 |
|---|---|---|
| Ax — Ay — Par — ΔA — Q | 模拟量比较器 | 模拟量比较器 该功能比较输入端 Ax 和 Ay 上的两个模拟量值。如果差值超过了参数化的接通值，输出 Q 接通。如果差值低于参数化的关断值，则 Q 输出关断 |
| Ax — Par — /A — Q | 模拟量阈值开关 | 模拟量阈值开关 如果模拟量输入信号 Ax 超过参数化的接通值，输出 Q 接通。只有当输入信号低于关断值时，才会切换到 "0" 状态 |

（续）

| 符 号 | 信号/时间图 | 解 释 |
|---|---|---|
| Ax /A Q Par Δ↓ | On Ax Off Q | 模拟量差分阈值开关<br>当输入值 Ax 位于参数化的接通阈值和关断阈值之间时（Off = On + Δ），Q 输出为"1"状态 |
| En + = AQ Par A→ | | 模拟算术<br>用该模块可以对多达 4 个模拟量进行计算。用户可以定义操作数及操作符。利用引用功能，其他处理模拟量的块的当前值可以作为操作数，也可以将固定值作为操作数<br>可以给运算定义优先级（高 = H,中 = M,低 = L），因此可以进行非直接的括号计算<br>En 输入可以参数化为当 En = 0 时输出值是上一个计算值还是零<br>例如：<br>输入 15 + (M)6 * (H)7 + (L)3 对应于 (15 + (6 * 7)) + 3 = 60<br>输入 31 - (H)3/(L)9 + (M)5 对应于 (31 - 3)/(19 - 5) = 2 |
| En ∫A Q Ax ±Δ Par | En Aen+Δ Aen Aen-Δ Ax Q | 模拟量监控<br>当 En 输入端出现上升沿时，模拟量值 Ax 被读取并以 Aen 值的形式被存储。只要 En 输入端为"1"状态，Ax 的当前值就被监控。当该值超过 Aen + Δ 和 Aen - Δ 时，Q 输出接通 |
| Ax A→ AQ Par | | 模拟量放大器<br>该模块用来调整模拟量信号，举例来说，模拟量值的输出只能介于 0 ~ 1000 的范围之内 |
| En S1 S2 AQ Par | En S1 S2 V1 V2 V3 V4 | 模拟量多路复用器（AUX）<br>当 En 输入端出现"1"状态时，模拟量信号输出到 AQ 输出端。根据 S1 和 S2 输入，可以产生 4 个不同的模拟量信号。输出信号可以自由地定义为其他处理模拟量模块的引用 |
| A/M R PV AQ Par | | PI 控制器<br>A/M 输入可以用来在自动模式和手动模式之间切换。R 输入端的"1"信号会将 AQ 输出端的值置为"0"。受控变量经由 PV 输入端读入。设定点可以作为固定参数读入，或者为从其他的模块引用。对于标准应用来说，有固定参数集<br>请参阅在线帮助中关键词"控制基本知识"和"控制器基本知识" |
| En Sel St AQ Par | En Sel St MaxL Level 2 Level 1 StSp+B B 100 ms 100 ms | 斜坡控制器<br>En 输入端的"1"信号会启动斜坡，从而使参数化的值 StSp + B（偏移量）会输出到 AQ 端 100ms 的时间。然后以参数化的速率将输出驱动至电平 1 或电平 2（Sel = 0→电平 1；Sel = 1→电平 2）。St 输入端出现的"1"信号会使输出值 AQ 以参数化的速率减低到 StSp + B，而后在 100ms 后关断。电平可以在任何时候通过 Sel 输入 |
| En ~→ Q Ax Par | | 脉宽调制（PWM）<br>使用脉宽调制时，频率信号可以根据模拟量值生成。可以定义量程上限（Max）和量程下限（Min），在其间输入信号被转换成为频率。周期性时间（PT）定义时间窗口，在此窗口之内进行周期调制。如果当前值（Ax）恰恰位于上限，在 Q 上会出现连续的信号。当 Ax = 0 时，Q 将不会接通。换句话说，位于 Min 和 Max 之间的值将被转换为对应的占空比，在此出现周期性时间。En 输入会使能 PWM |

（续）

| 符 号 | 信号/时间图 | 解 释 |
|---|---|---|
| En ~→ Q<br>Ax<br>Par | 例如：如果 Max=1000，Min=0，PT=10s，则：<br>Ax=800 占空比 8s：2s①；<br>Ax=500 占空比 5s：5s②；<br>Ax=300 占空比 3s：7s③<br>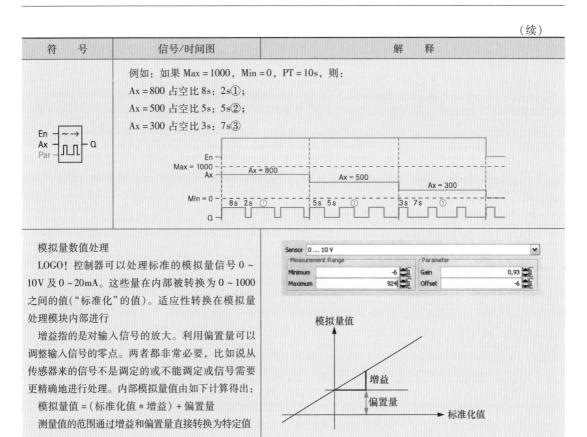 | |

| 模拟量数值处理 | |
|---|---|
| LOGO! 控制器可以处理标准的模拟量信号 0～10V 及 0～20mA。这些量在内部被转换为 0～1000 之间的值（"标准化"的值）。适应性转换在模拟量处理模块内部进行<br>增益指的是对输入信号的放大。利用偏置量可以调整输入信号的零点。两者都非常必要，比如说从传感器来的信号不是调定的或不能调定或信号需要更精确地进行处理。内部模拟量值由如下计算得出：<br>模拟量值=（标准化值*增益）+偏置量<br>测量值的范围通过增益和偏置量直接转换为特定值 | |

表9-5 杂项

| 符 号 | 信号/时间图 | 解 释 |
|---|---|---|
| S RS Q<br>R<br>Par | S<br>R<br>Q ① | 锁存继电器<br>Q 输出由 S 输入端的"1"信号（脉冲）置位。S 输入端变为"0"状态后，Q 输出端的"1"状态继续保持。如果在 R 输入端出现"1"信号，则输出复位。复位输入具有优先权① |
| Trg Q<br>S<br>R RS<br>Par | 1 2 1　2 1<br>Trg<br>R<br>Q | 脉冲继电器<br>该继电器由 Trg 输入端的第一个沿置位，由第二个沿复位。无论其状态如何，都可以由 S 和 R 输入进行置位/复位 |
| En .. ..<br>P Q<br>Par .. .. | | 信息文本<br>该模块用来将如工作模式或当前值输出到显示器上或文本显示上。显示为4行，每行有2～12个字符。前 12 个字符直接显示，第二次的 12 个字符或者轮换显示，或者逐字显示。当前值可以用条形图显示。可以定义显示是送到 LOGO! 控制器显示还是送到字符显示器，或者二者都显示。文本可以赋值为 I/O 状态，这样就可以无需生成特定信息文本而直接显示工作状态。标志 M27 可以用来切换两个不同的字符集<br>注：信息文本模块后必须跟随有逻辑操作，一个输出（Q），一个标志（M）或者一个开路连接器 |

（续）

| 符　号 | 信号/时间图 | 解　释 |
|---|---|---|
| En<br>P —□□—Q<br>Par | 信息文本<br>该模块用来将工作模式或当前值输出到显示器上<br>注意：信息文本模块后必须跟随有逻辑操作，一个输出（Q），一个标志（M）或者一个开路连接器 |
| En<br>—□—Q<br>Par | 软开关<br>机械开关/按钮的功能。用"Parameterize（参数化）"模式进行操作 |
| In<br>Trg —≫—Q<br>Dir<br>Par | 移位寄存器<br>在每个 Trg 输入端上的上升沿将 In 输入端上的信号读入，并写入移位寄存器的第一位。同时，其他 7 位的信号状态移动一位。移动方向由 Dir 输入端的"1"信号反向。每位的状态可以由 S 连接器（见常数/端点）读出 |

# 图 片 来 源

Albrecht Jung GmbH & Co KG, Schalksm ühle: Page 28

daseib-team, Gebäudesy stemtechnik, Velden: Fig. 2. 2

Festo Didactic GmbH & Co KG, Denkendorf: Fig. 8. 10, Fig. 8. 22, Fig. 8. 70

Gira Giersiepen GmbH & Co KG, Radevormwald: Page 28(sensor)

Pepperl + Fuchs GmbH, Mannheim: Fig. 8. 11, Fig. 8. 34

Thielert, Mike: Fig. 8. 37

Westermann Archiv, Braunschweig: Fig. 8. 4, Fig. 8. 17